那时风吹

that time the wind blows

《西风》校庆纪念特辑

主编◎陶醉

中国纺织出版社

内 容 提 要

30 年前,《西风》作为西安工程大学(原西北纺织工学院)校园文学刊物创刊,20 世纪 80 年代是理想主义高举和文学情怀饱满的年代,这不仅风靡西纺校园,同时也被西安其他高校同样热爱诗歌的文友所热爱。30 年后,这群曾经的热血青年,响应母校校庆的召唤,再次用文字的方式呈献他们的校园情怀、人生思考、岁月印痕以及对母校挥之不去的热爱。

图书在版编目(CIP)数据

那时风吹 / 陶醉主编 . -- 北京:中国纺织出版社,2018.9

ISBN 978-7-5180-5340-7

Ⅰ.①那… Ⅱ.①陶… Ⅲ.①中国文学—当代文学—作品综合集 Ⅳ.①I217.1

中国版本图书馆 CIP 数据核字(2018)第 193212 号

策划编辑:宗 静 责任编辑:亢莹莹 责任校对:王花妮
责任印制:何 建

中国纺织出版社出版发行

地址:北京市朝阳区百子湾东里A407号楼 邮政编码:100124

销售电话:010 — 67004422 传真:010 — 87155801

http://www.c-textilep.com

E-mail:faxing@c-textilep.com

中国纺织出版社天猫旗舰店

官方微博http://weibo.com/2119887771

北京佳诚信缘彩印有限公司印刷 各地新华书店经销

2018 年 9 月第 1 版第 1 次印刷

开本:710×1000 1/16 印张:18

字数:299千字 定价:58.00元

西安工程大学
XI'AN POLYTECHNIC UNIVERSITY

西安工程大学
独立建校40周年
The 40th Anniversary Of Xi'an Polytechnic University
1978 - 2018

　　谨以此书献给母校西安工程大学办学106周年、独立建校40周年校庆。

2018 年 10 月

崇真尚美

经纬天下

江南 书

西安工程大学党委书记　刘江南

那时风吹，此时共聚！

愿我校友们携手共建，共创佳绩！

高岭

2018.7.15

西安工程大学校长　高岭

序言一

厚德弘毅、博学笃行

中国工程院院士　西安工程大学名誉校长　姚穆

2018 年，西安工程大学迎来了办学 106 周年、独立建校 40 周年，百余年风雨兼程，四十载春华秋实，这所传承与创造并进、光荣与梦想交织的学苑历经了数代人的辛勤耕耘、艰苦奋斗、传承创新、继往开来，已成为一所基础厚实、特色鲜明、人才济济、成果丰硕的高水平综合性学府，学校培养了数以万计的莘莘学子，造就了一大批英才俊杰，他们在各行各业大显身手、尽展风流，为群众日常生活、大众文化时尚、城市精神气质、国家经济发展和纺织服装产业，持续地贡献自己的力量。

犹记 30 年前，一群热爱文学创作的青年们，在这所以工科为主的院校创办了学校的校园文学刊物——《西风》。在那个出版刊物难以满足阅读需求的年代，《西风》杂志风靡一时，通过文学杂志这扇窗户，青年们看到了万千世界，看到了希望和未来。他们在纯真的年代，用真挚的笔触记录下时代对青年的刻画、对美好的创景、对生活的渲染。时光荏苒，30 年转瞬而逝，这群意气风发的少年们，现已年届天命，但他们对文学的热爱，多年未曾改变，他们以《西风》校庆纪念特辑作为献礼，向母校送上自己的祝福。《西风》记录着他们的心路历程，《西风》释放着他们的人生阅历，《西风》镌刻着他们的眷恋不舍，《西风》承载着他们的希望期盼。

值此《西风》校庆纪念特辑出版之际，以此序言，顺颂秋祺。

序言二

那时风吹

《西风》主编　陶醉

求学：奋然向西

记忆中的 1987 年 9 月，天空依旧辽阔而高远，仁爱的命运牵引我从故乡奋然向西。

1987 年 9 月 3 日，独自从绍兴老家出发，停留上海两天后，登上上海真如站始发的 T139 次列车，经过将近四十个小时的行驶，把我送到了西安。在 1987 年 9 月 7 日的中午，我的母校——西北纺织学院，将一个个如我这样的游子，温柔地拥进怀抱，从此我身陷西安四年，情牵母校一生。

而奋然向西，是为儿时辽阔而高远的梦，也因为冥冥之中今生今世的爱。

缘分天定，在去学校报到的这一趟西行列车同一节车厢里，我座位正对面的是 1987 级管理专业楼斌，斜对面的是 1987 级服装专业李福明，从此也开始我们一生的友谊。

一入西安，终生不醒；与君相逢，平生之幸。

年少的意气风发，最初的感动和梦想，书一纸倾城，也写不尽青春停留在母校、在西安的美丽韶光。

致敬：我的母校

八百里秦岭逶迤，从古至今，浸润孕育出先周文明、秦汉雄风、盛唐气象和整整一个绵延不已的诗意长安。

我的母校西安工程大学（原西北纺织学院）就坐落在这十三朝古都的长安，耸立在历史高远的天空下。

1987 年，鱼跃龙门，命运的丝线相牵，指引我跃入唐诗中的西安，跃入这个充溢着中国历史文化古意的城，跃入这城中高高耸立的我的母校。

我知道，山水会养育人文，人文与山水激荡融汇，会造就一座城市的风韵，而一座城市的风韵，会孕育其中大学的格调。当踏进西安这片土地，我发现，在西安，我不仅邂逅了历史，也邂逅了未来。站立在那苍凉开阔、气势恢宏的关中山水，风中吹来周秦遗风、汉唐遗韵……

长天之下、长风之翼，每每在梦想和现实会意神领的时刻，驰骋胸怀，感觉古往今来，离我仅仅一步之遥。正如余光中有诗，李白酒入豪肠，绣口一吐，就璀璨半个盛唐，而一千多年时光流过，大唐流不尽的诗意，落到了我们的胸中，大放异彩。

衣食住行，生存之必需，是人生头等大事。衣被天下，文明的生长与衣同行，而我的母校就是与文明与衣同行，创立之始，便抱经纬天下之志。从每一根棉毛的纤维到每一根蚕熟新丝，从纺纱、织布到针织、编织，从印染、设计到打板、裁剪，通过每一道机械和工艺的运作，母校包揽所有这些高等纺织服装特色专业，承载百余年的办学历史，继承与创造并进，光荣与梦想交织，并以此桃李满园、贡献家国、闻名遐迩。

纺织人间的美丽，印染城市的图案，编织春天和花朵，服装身体和心灵，时尚男人和女人，我美丽的母校，本就是飘扬在西安这座城上最美丽的衣裳。

经纬天地，编织人生，母校培养了千千万万的栋梁，与中国所有的大学一起撑起了今天这个国家的脊梁，饶是如此底气，母校依然谦逊沉稳。

"厚德弘毅、博学笃行"，是母校在品性和行为上对我们的熏染与培养。

回想青春如歌的岁月，生命如虹，那热切的目光，和着母校头顶灿烂的阳光，一次次地被手捧书籍的少女雕像那青涩的脸庞吸引，如水的日子，在安静的校园流淌，大学四年，读书学习，如饥似渴，烛光诗行，编织梦想，平静安好，也狂躁迷茫，借此构成了生命中最为激荡的青春时光。

人生的道路在母校汇合，四年后又离开母校怀抱走向世界，走向更为广阔的天地。感谢母校，正是在母校爱的视野里，我获得了永远的凝视，获得了一种比天空还要深广的覆盖。

今天，从脚步和道路以外的地方，每一次的到达与离去，形成与母校千丝万缕的联结，形成·条路口与另一条路口的汇合，形成心灵对母校的感激与怀念。

今天，一次又一次地，回望西安，面朝母校，无限的自豪、幸福与甜蜜，会自然地在我的心中流出；心里也一直很得意，得意能够在西安这座城市学习生活，庆幸能够带着如此多的母校印记。

我阳光明媚和繁华织锦的母校，我豪迈雄健又温文儒雅的母校，生命的呼吸和延续，一脉相承的母校情怀，血浓于水，母校是我们的驿站，是我们永远的精神家园。

离别母校，江水滔滔。

泪水曾经湿了衣衫，晚霞无疑添了悲伤。

生命里涌动着对母校的热爱与追忆，无处不在的道路延伸，总是行走在同一个方向，那只能是母校的方向！

历史的古意，昔日的荣光，长安，令人始终追思神往；

青春的记忆、少年的模样，母校，让人始终情牵难忘。

秦岭苍苍，渭水泱泱。母校之风，山高水长。

非弘不能胜其重，非毅无以致其远。

兴庆湖畔，依旧春雨金花。骊山脚下，更加秋阳硕果。

敬以诗祝：

栉风沐雨百余载，砥砺前行年复年。

桃李芬芳满天下，春华秋实谱新篇。

回顾：20 世纪 80 年代诗歌的光荣与梦想

激情和光辉，青春和理想，高蹈与浪漫，诗意与宏阔，喧哗与躁动……

今天回顾，1980 年代无疑是一个充满青春激情和理想光辉的时代，也是一个属于诗歌的黄金时代。

北岛、食指、顾城、杨炼、欧阳江河、舒婷、芒克……这些朦胧诗人们点燃了诗歌在 1980 年代的火种，随之而来的是燎原之势，海子、骆一禾、西川、沈奇、韩东、丁当、于坚、徐敬亚、王小妮……一大串诗人的名字，呈现 1980 年代诗歌的壮丽景观。

评论家徐敬亚在题为《八十年代：那一场诗的疾风暴雨》一文中，有这样的表述：至 1989 年止，巨大的诗歌潮流，持续了整整 10 年。对于今天，那是艺术奇观。10 年，诗、人、事、文，均无以计数……10 年，若千万人的青春式裹挟与参与……不知道世界上还有什么文学活动超过它的规模与时间。

那是诗歌的年代，是诗歌的黄金年代。

1980 年代的诗歌狂热，激发人们内心诗歌的种子，流风所及，校园首当其冲，风起云涌，如火如荼、此起彼伏，许多同学被裹挟其中，不能自拔。

"告诉你吧，世界 / 我不相信！"（北岛），"黑夜给了我黑色的眼睛，我却用它来寻找光明"（顾城），国门打开，禁锢解除，思想解放，对人的自我价值的重新确认，对人道主义和人性复归的呼唤，对人的自由心灵的探求构成了朦胧诗和1980 年代诗歌写作的主题核心。

1980 年代思想、文学、艺术等整体喧哗与躁动所蕴含的那种对新秩序的孜孜以求与殷殷期待，不仅滋养了一代人的精神与思想的成长，而且在对真善美的坚守中，充满着理想主义的人文情怀。

大学生诗歌，青春的集合体，最能引起心灵共鸣，那样的风景，清澈亮丽、色彩缤纷，回忆的摇曳也带给人亲切、温存和感动。

那时青春蓬勃、意气风发的我们，有梦、有诗、有文学、有爱情……

各种思潮迭起，尼采、萨特、叔本华、海德格尔、弗洛伊德……这些西方哲学家和泰戈尔、雪莱、庞德、里尔克、帕斯捷尔纳克、艾略特等外国诗人的名字，所有他们这些我们未曾阅读过的别样的哲学和诗歌，唤醒和激励了那时青春的灵魂。

哲学和诗歌是那个时代送给我们最美好的礼物。

1980 年代的校园诗人，怀有一种匡复天下的理想，因此也不断遭遇非常灰暗的生活，激情和忧伤的诗歌中，理想是天涯迢迢、海角遥遥，道路孤零而遥远。

北岛、食指他们的朦胧诗之后，徐敬亚发起的 1986 年诗歌大展，被看作整个 1980 年代诗歌的一次高潮和澎湃，而起伏不定的麦子与扑倒在麦地和铁轨上的海子，滋养 1986 年级、1987 年级同学的诗歌写作，《意象派诗选》等的翻译出版，开启了我们外国诗歌的欣赏视野。

我们都是 20 世纪 80 年代的见证者，我们在那个年代里青涩的年华开始展开精神的远行和心灵的漂泊。

诗人海子的死似乎是一个种隐喻，随着海子、骆一禾的相继离世，似乎一个时代的精神结束，紧接着的就是诗歌的退潮，随后是 20 世纪 90 年代流行文化大潮的扑面而来，离开校园的我们，为着生存，多数人也渐渐远离了诗歌写作。

"1980 年代的诗歌"作为激情、浪漫、理想主义的代名词，在岁月流逝之中，定格为一个文化符号，成了我们一代人的青春之梦。

热爱：西安是中国诗歌当之无愧的故乡

"三月三日天气新，长安水边多丽人。"

"总为浮云能蔽日，长安不见使人愁。"

城墙钟楼，铜驼巷陌，烟雨深处，繁花如织，拈花把酒，肆意风流，鲜衣怒马，仗剑天涯，酒意袭来，笔落诗成。

长安，李白刻骨相思的长安，杜甫浮华若梦的长安，孟郊风光无限的长安，卢邻照华贵庄严的长安，辉煌的诗歌帝都，千百年来的"诗意长安"，只在长安，这里曾有最多情的诗人，历千年仍让人恋念，历千年仍绵延不绝，历千年仍诗人辈出。

长安，一城文化半城仙。仅在最近几十年，诗人风流不减当年，先锋探索气势如虹。

著名诗人、诗评家、西安财经学院文学教授、尊师沈奇先生在2009年他主编的《你见过大海——当代陕西先锋诗选》中，收集了1978年到2008年，30年、30位陕西籍或诗歌写作起步并成熟于陕西的诗人的143首代表作，在沈老师一万多字的序言里，以"民间""先锋""实力""历史"四个理念，高屋建瓴、全景式地论述了陕西诗坛其实也就是西安诗歌创作内在的发展理路、隐在的精神关联以及赖以形成与发展的深度推动力与共有的历史印记。

作为我们校园诗人诗歌写作实际的引路人，沈奇老师又不无深情和自豪地表示，"作为在中国名列前茅的高校所在地，活跃于西安诸多大学的校园诗歌，一直是这座诗城生生不息的精神源泉和希望之所在。"

中国先锋诗歌代表诗人伊沙也曾经这样说过，陕西看似是个传统文化板块，实际上充满先锋基因，不爆发则已，一爆发就是摇滚式的先锋。

于我们而言，我们把最好的大学时光和青春年华留在西安，对这个被厚重城墙和历史文化包裹的城市来说，那既是它诗歌的延续，又见证我们的青春。

秋风生渭水，落叶满长安。

每个人心里都有一座长安城。

除了诗歌，西安的山水、风俗、物件、饮食，也应该是我们大学时代青春记忆中的主要部分。

"长相思，在长安。"

是的，西安，终究让我们长相思。

感恩：创办《西风》

褪去了大一第一学期的青涩、害羞，从高中压抑学习生活中得到了释放的我们，大一的下学期，骤然活跃起来，当时母校已经有院学生会主导下的校园文学刊物《经纬》和各系的系刊，作为对当时代文学和作家诗人充满艳羡并在天赋性灵中蕴涵文学写作渴望的我们，开始试着投稿，也慢慢熟悉了编辑《经纬》的前辈学长们，并暗暗地向他们偷师学艺。进入大三、大四接近毕业，随着他们编辑刊物的时间、精力与热情开始消减，活跃起来的1987级大一同学，顺理成章地走上了校园文化的主舞台。于是，在学院团委的领导下，社团部的组织下，在校园文学先行者的学长们的指导下，受院团委直接领导的校园文学组织西风文学社在1988年初夏生机蓬勃的5月（1988年5月20日）正式成立，丁炜出任社长。10月，文学社下的《西风》在我们青涩稚嫩的笔触中创刊面世，我出任主编。随后到丁炜与我1991年毕业，《西风》一共出版五期，《西风》每有出版，都会被我们张贴在校园的报章栏里，供大家阅览指正，并分派到学校每个班级的信箱中。我与丁炜毕业后，针织1989的马立川师弟，又主编出版二期。从1988年10月创刊到1992年，《西风》一共刊行七期，发表校内外60余位作者、近200篇作品，想到赫赫有名的《今天》也才出版九期，我们颇为自豪。校外有来自西安交大、陕西师大、西安冶金建筑学院（现西安建筑科技大学）、西安培华女子大学、杭州电子学院（现杭州电子科技大学）、北方工业大学等兄弟学校作者。

须知那时的学校，要创办一份能够得到学校支持尤其是学校经费支持的纯校园文学刊物，无疑是不怎么容易的事，尤其在理工科专业为主、人文学科气息不浓的工科院校，创办校园文学社团和文学刊物，更不容易。而《西风》能够横空出世、一时俊杰，至今念起，依旧感怀不已、感恩不已、感动不已。

《西风》刊名由来，首先寓"长安落叶、渭水西风"壮丽华美的诗意之美，名字磅礴大气，自不待言；其次蕴"冬天已经来临，春天还会远吗"诗人雪莱《西风颂》诗句中所激荡出来的那个1980理想主义年代的文学情怀与岁月激情；再次含"西北纺织学院校园文学之风"意，在此后的成长中，某种程度上也成为"西安高校一股清晰的校园文学之风"。

直到今天，我们依旧可以不无自豪地表示，《西风》不仅在母校一纸风行，影响所及，也吹向西安其他兄弟院校，开始投稿和约稿。从纯粹文学性高度审视回顾，我们当然不敢说《西风》办得有多好，文学水平、诗歌水平有多高，尤其在高校众多的西安，东有著名的西安交大，南有中文系才子云集的陕西师大、西大，但是以母校一所纯工科院校创办的校园文学刊物，能够得到诗友的热爱，还是令人欣慰不已。当时的《西风》也有与国内其他高校相互交流和交换刊物的记忆。我至今仍然保存着西安交大星火文学社的《太阳风》，陕西财经学院西村主编的《倾斜》创刊号，中国纺织大学（现东华大学）学生会文学社的《星期八》，镇江市文联与镇江高校大学生诗协联合出版的《镇江高校校园诗选》，西安交大星火文学社主编的《夜林诗选——夕阳深处》，《十七天》青年诗刊编委会主编西安交大夜林的《夜林诗选——内语》，西安交大蔡劲松的《北方河》，陕师大丁小村的《阳光与诗歌》，以及在我毕业那年尊师沈奇编辑序言赠我并专门为我题写留言的李汉荣《星空诗人、强者诗人》……对于那个依靠誊写编辑、依靠手工刻写、依靠蜡纸打字、依靠铅字排版、依靠油墨印刷，但充满着油墨清香的自费出版物，在当时是多么的难得珍贵，是如今有着电脑打字、互联网发送文件、数码照相、机器扫描的现代人不能想象的，在今天借助于互联网技术的加持，诗歌的写作、发表正变得越来越容易和自由。

因为《西风》，我们也由此结识了知名诗人、诗评家、西安财经学院教授、我的恩师沈奇先生和1989年毕业分配到西安外院宣传部的伊沙兄、丁当老师以及西安交大、西安大学、陕师大、西北大学、培华女子大学、西安财经学院、西安公路学院、西安冶金建筑学院等学校的逸子、夜林、方兴东、朱廷玉、蔡劲松、木矛、丁小村、楼建瓴、水远、宋伟杰、中岛……众多诗友，我们相互串访、组织诗歌沙龙、成立跨校际的诗歌联盟《十七天》，这些诗友中，其中我们之间大部分至今还保持着联系，续存着友情。

关于《西风》创办的历程，在往期《西风》中，包括在丁炜最新的回忆文字中，也已经有太多的表述。

30年后的今天，回忆《西风》创办的点点滴滴的往事，一切仿佛历历在目。

《西风》是母校西北纺织学院的《西风》，是见证、参与《西风》创办和热爱《西风》的所有同学校友诗友的《西风》。尽管如此，直到今天，我们依旧要特别感谢的是母校，是母校给我们以宽厚、以温暖、以信赖、以自由以至充分的"放任"，让《西风》能够自由生长；要特别感谢当时的学院领导张乐善院长为《西风》创刊号题写寄语，让我们懂得鼓励、欣赏与注视的力量；要特别感谢孟兆红老师、童康老师、刘哲老师、邢东奇老师、杨永革老师、胡西民老师等当时学校团委的领导，除了信任，也许是"近水楼台先得月"，我们个人也因此受到他们更多的爱护与人生指导；要特别感谢学校团委社团部第一任社长、针织1987吕卫宏同学，他的早慧、勇气与担当，让《西风》安然成长；要感谢当时社科部的张志春老师、楚秀菊老师，出任我们最早的文学顾问；要特别感谢沈奇老师、伊沙兄，给我们诗歌的启蒙、写作的指点和许多次来我们母校文学讲座的辛苦付出；要特别感谢现在已然是书法家、当时学校工会的牛友林老师，为《西风》封面题词，让《西风》有汉隶的古朴、审美的古意；要特别感谢管理1987、当时学校书法协会理事长楼斌同学的题词，家学渊源深厚的他，字如其人，沉稳睿智，书学《张迁碑》，颇得精髓，让《西风》别开生面；要特别感谢服装1987李福明、服装1988苏明亮同学，为《西风》设计封面，让《西风》充满艺术的先锋审美；要特别感谢为《西风》先后担任责任编辑的陆泽卿、严海蓉、秦丽、吕治萍等同学；要特别感谢为《西风》设计内文插图的服装1987温奕春、空调1989的于天竹以及高治泓、郑新跃同学；要特别感谢热情支持《西风》的众多当时在校同学，要特别感谢其他兄弟学校的诗友们……所有与《西风》有关、与我们母校有关的老师同学诗友，无论你是否记得《西风》，且请接受我们或许迟到了30年的诚挚的感谢！

母校是我们精神上的原乡。

有人说大学是明晰找到自我的最美时光，一生的性格脾性也许自小养成，但价值观多是在大学确立。

感谢母校、感谢西安、感谢诗歌的年代让我们能够有这个机会聚到一起，让我们精神品格得以滋养成长。

一座大学，一本《西风》，成就我们此生千丝万缕、长长久久的牵连。

敬仰：作为知名诗人和诗歌评论家的沈奇先生

诗人丁当在 20 世纪 90 年代初为沈奇老师的一部题为《生命之旅》的诗集写过这样的短序来描写他心中的沈奇老师，"时至今日，他仍在用心良苦地制造那些优美的情感玩具，尽管他不停地变换材料，尽管他愈来愈抽象，愈来愈苍凉。他是在用自己的血肉制造人类情感的玩具，幻想的玩具，来反抗这个世界的废墟。他的诗和生活都处于激情和良心笼罩之下。他一直苦苦地用一条他的准则来维持诗歌和日常生活。清醒地目睹着自己制造的玩具一个又一个地破碎，但他仍怀着极大的耐心修复它们。他的手指是多么灵巧，他的神色是多么庄严，而这个过程又是多么优美。"

作为知名的诗人和诗歌评论家，沈老师从 1974 年就开始了现代诗创作和文学活动，早已著作等身。

2009 年沈老师主编的《你见过大海——当代陕西先锋诗选》，收集了 1978 年到 2008 年，30 年中 30 位陕西籍或诗歌写作起步并成熟于陕西的诗人的 143 首代表作，比较全面反映了陕西当代诗坛的发展历程，其实更重要的是沈老师参与和见证了这个时代，确实最有资格为这个时代做总结。

我特别喜爱沈老师 1984 年写的《上游的孩子》："上游的孩子 / 还不会走路 / 就开始做梦了 / 梦那些山外边的事 / 想出去看看 / 真的走出去了 / 又很快回来 / 说一声没意思 / 从此不再抬头望山 / 眼睛很温柔 / 上游的孩子是聪明的 / 不会走路就做梦了 / 做同样的梦 / 然后老去"。

我每每品读《上游的孩子》，我总是升起一种莫名的温暖和感动，这也许正是我抵达沈老师高尚的人品道德、深厚的文章学问和宏大的心灵世界最初与最切近的入口。

诗评家陈超如此评价沈老师："沈奇的诗，有自己独特的情感背景。他诚朴而自明，不是寻新求异匆匆披挂，而是在透明的语境中，寄寓深永的历史叹息，将'暴戾的岁月，转化为细语的音乐，一种象征。'（博尔赫斯·《诗艺》）他的写作准则是：仁慈、明净、诚朴、适度以及形式主义的快乐。"

仁慈的沈老师，每一个文字、每一行诗，都包含着深沉的仁慈，沈老师以仁慈观照世界、爱护众生，包括对我。

沈老师予我不仅是诗歌学问的教导教授，而更重要的是予我智慧精神的启育涵育，启育涵育我安身立命、处世做人的智慧道理。只对于写诗，尊师谆谆告诫我："以后踏入社会不一定要从事写诗，但一定要保持诗性的思考与生活。"此于我一直言犹在耳、铭刻于心。

"像诗一样去活，也许比诗还要活得更生动、更真诚，诗便成为生命外化的本真表征而通达无碍了。"

也因此，沈老师成为我一生最敬重的老师。

尊师于我，恩重如山。我于尊师，恭敬以礼。

也正是由于沈老师的学问和仁慈，当仁不让地成为我们这些20世纪八九十年代西安学生辈的诗歌引路人和精神导师。

沈老师是《西风》邀请到我们母校做文学诗歌讲座最多的诗人作家和文学老师，从我大二开始，于阶梯教室的多次讲座，每每都是座无虚席，连教室门外也站满听讲座的同学。固然我们大学时的1980年代是诗歌风行的年代，诗歌爱好者比比皆是，但沈老师的博识睿智，终究是吸引我们的根本原因。

2015年7月，沈老师的现代诗体诗话专著《无核之云》出版，完成中国新的诗学理论建构，以其诗性之思、智慧之思，打通诗歌的"众妙之门"。

如庾信老来、健笔如云的沈老师，最近几年，《天生丽质》《无核之云》、《沈奇诗学论集》（三卷本），大著频出。

曾经了沧海，除却了巫山，"繁华落尽见真淳"。

"云山苍苍，江水泱泱，先生之风，山高水长。"

敬重：诗人伊沙以及《一行》

1989年7月，伊沙兄从北师大毕业进入西安外院宣传部工作，1980年代流风所及，西安的诗歌运动也如火如荼，早已经出现了沈奇、韩东、丁当，他们后来各自也是中国诗歌界响当当的人物，但伊沙的毕业到来，作为北师大的诗歌领军人物，不仅带来了北京作为今天派诗歌发源地的高度与锐气，更由于自身的勤奋与探索，一时间就成为我们西安诗歌圈的青年领袖，尤其是校园诗人的年轻偶像。就如此后那样，伊沙兄持续的诗歌创作，成为国内诗歌写作的顶级人物。

伊沙出名的作品很多，我印象深刻并且十分喜爱的是他的《饿死诗人》、《车过黄河》、《结结巴巴》等。

"饿死诗人/那样轻松的 你们/开始复述农业/耕作的事宜以及/春来秋去/挥汗如雨 收获麦子/你们以为麦粒就是你们/为女人迸溅的泪滴吗/麦芒就像你们贴在腮帮上的/猪鬃般柔软吗/你们拥挤在流浪之路的那一年/北方的麦子自个儿长大了/它们挥舞着一弯弯/阳光之镰/割断麦秆 自己的脖子/割断与土地最后的联系/成全了你们/诗人们已经吃饱了/一望无边的麦田/在他们腹中香气弥漫/城市中最伟大的懒汉/做了诗歌中光荣的农夫/麦子 以阳光和雨水的名义/我呼吁：饿死他们/狗日的诗人/首先饿死我/一个用墨水污染土地的帮凶/一个艺术世界的杂种"。

——伊沙《饿死诗人》

"列车正经过黄河 / 我正在厕所小便 / 我深知这不该 / 我应该坐在窗前 / 或站在车门旁边 / 左手叉腰 / 右手做眉檐 / 眺望像个伟人 / 至少像个诗人 / 想点河上的事情 / 或历史的陈账 / 那时人们都在眺望 / 我在厕所里 / 时间很长 / 现在这时间属于我 / 我等了一天一夜 / 只一泡尿工夫 / 黄河已经流远"。

——伊沙《车过黄河》

《饿死诗人》近乎发狠的棒喝与反讽语言，对 1980 年代以来诗歌和诗人呈现的伪浪漫主义潮流进行猛烈的批判。

是真诗人，必然多饿死。屈原、陶渊明、杜甫、李白、李贺、罗隐……自古至今，文学的天空上闪耀着一大串潦倒饿死的诗人名字。今天，真诗人还在坚持写诗，许多诗人，纷纷转写小说，小说受众多，有稿费，饿不死，而二、三流的诗人转身去了房地产行业，学着"面朝大海、春暖花开"的诗句，为楼盘写广告词。

也因此，伊沙兄的棒喝，我的一种解读，何尝又不是对真诗人的遥遥致敬。

而《车过黄河》则成为中国解构诗学上的一个重要标本，与韩东 1982 年的《大雁塔》，可谓双峰壁立。

伊沙兄的《车过黄河》创作于 1988 年，《饿死诗人》创作于 1990 年，《结结巴巴》创作于 1991 年……20 世纪 80 年代末到 90 年代初的短短几年历经了新一代大学生诗群的异军突起，而伊沙兄也迎来了井喷一般的创作上的春天，只就他的这些诗作而言，无论是对意义、符号、语言的变革还是新生力量的整体走向的标榜，无论是在短期内对诗歌写作的影响还是长久作为文学史书写的转向灯，都可以完全被冠名为事实上的"名作"。

诗评家沈奇老师在《你见过大海——当代陕西先锋诗选》中高度肯定伊沙："自然，作为陕西诗人的伊沙，也几乎是一个人代表了陕西先锋诗歌后二十年这段时区而成为无可争议的核心与代表人物，并实质性地为这一时区带来了许多'原发性'的启示与推动。"而诗评家燎原这样评论伊沙："伊沙对于 20 世纪末的中国诗坛具有特殊意义。他甚至一个人代表了一段诗歌时区。"

自 20 世纪 80 年代末迄今，伊沙一直活跃在中国诗坛上，引人瞩目也饱受争议，是非官方反学院的"民间写作"的代表诗人。

在学校时，我们经常去西安外语学院伊沙兄那里蹭吃蹭喝，刚刚从北师大毕业不久的他，用微薄的薪水，供养我们这些穷诗友、穷兄弟。

1989 年 11 月，《西风》文学社邀请伊沙兄到我们学校作诗歌讲座，当着我们学校最大电教室里密密麻麻的听众，伊沙兄神采飞扬、佳句迭出、妙趣横生，讲座之后，朗诵《给老 G 的诗》，获得满座喝彩，还专门朗诵一首给在座的我，让我感动得热泪盈眶，也让我们在座的同学校友称羡不已。尽管那时男女都流行烫发，为了那天下午伊沙兄的讲座，我烫了平生第一次头发，借了同学朱卫的白色针织围巾，一时意气风发。

因为伊沙兄的缘由，1991年春，知名华人诗人、《一行》主编严力先生从美国专门寄送他的诗集给我，寄到班级的信箱，我非常激动。伊沙兄作为《一行》在西安的总代理人，也因为伊沙兄的力荐，我的诗作《愿望抑或是岸》刊发在1991年秋冬季的那期《一行》上，伊沙兄又专门把那期《一行》寄送到宁波我毕业工作的单位，至今我都保存着伊沙兄写给我的书信。

谢谢伊沙兄，往事历然在前，亲切如昨。

拥抱：这么些诗友们和他们的诗歌以及我们共同的西安诗歌岁月

30年后，为了编辑此期《西风》校庆纪念特辑，向《西风》曾经的作者发出约稿函并述及做此事的意义时，丁炜、黄英、许廷平、马立川等的回复非常及时，也一致肯定了在母校独立建校40周年校庆时编辑出版《西风》纪念特辑的意义，但又顿然发现，除了许廷平同学在毕业之后还坚持文学创作外，其他同学早已经放下了曾经诗意喷发、才情横流的笔。

正如我在我的诗集《织物的颂词》所言："大学时代真正开始热爱与写作诗歌，也只是在意气飞扬的大学时代，仿佛感觉自己像个诗人，青春盈面，年华灿烂，然而，不无惭愧地看，那至多是一个人青春期青葱岁月的美丽梦呓和无病呻吟。"

更主要的是整个20世纪80年代的诗歌写作热潮和那种80年代的文学情怀，随着90年代市场经济的汹涌大潮，终于被渐渐消解和消退。

所以，编辑其中的作者文章，时间跨度既大，水平参差更多。

且从诗歌或校园文学纯粹文学性的视野和高度，借助沈奇老师和其他评论家对《西风》曾经的作者做点评，也请允许从我浅显的文学或诗歌审美对他们的作品做点评。

而大道至简，我看待万物或评定万物之好坏标准，唯在其真、其善、其美、其慧。对诗歌也一样。

从我们母校校友作者开始点评。

首先是塔娃。记忆中他应该是1985级的，与我交集才一年时间，20世纪80年代典型的校园诗人形象：才华横溢，个性叛逆，行为颓废，沉浸于心中的诗歌理想，什么都可以舍弃，包括学业。

今天翻阅塔娃的诗歌，依旧能够感受到20世纪80年代诗歌的先锋性、探索性与语言张力。塔娃有天赋潜质做真正的诗人，遗憾没有熬到毕业，就离开学校了，不知所踪，我们自然与他失去联系。但愿他生活得很好，若有机缘看到此期《西风》，希望能够联系。

塔娃无疑也是 1980 诗歌年代狂热的校园诗人之一，可以视他们因为诗歌理想而放弃庸常生活的英雄，但其实包括对海子，仅仅从作为一个人子的基本责任出发，我并不认同他们的激进行为。人生可以有诗，诗不是全部生活。

黄志华是我尊敬的兄长，是在学问、识见、涵养、审美、智慧等多重意义之上，30 多年来，兄长宝石般的品格一直影响与照耀着我的人生。作为《西风》最早的作者之一，这些年忙于品牌事业的他，没有大块的时间和精力进行纯文学的写作，但志华兄长的识见与睿智，在他的品牌和这篇《巴黎读书笔记》中，都可以触摸到，文字有着张岱和周作人般晚明小品文体制短小、轻俊灵巧、平易质朴、恬淡自适的气息。花淡故雅，水淡故真，人淡故纯。"世人所难得者唯淡唯趣"，淡中真滋味，静中见真境，《巴黎读书笔记》不经意间流露出志华兄长的识见睿智、生活情调和审美趣尚。

丁炜、黄英、路抒、马立川等，毕业后，尽管在专业领域十分杰出，但也一样没有再认认真真地写诗或文学创作。

丁炜在大学时，青涩的年龄依旧掩饰不了他思想的深度与高度，他的善思好学以及在很多地方的早熟，令他在《西风》上呈现的文字，理性、冷静和深刻，尤其是诗歌语言的冷峻与超拔，有一种利剑般的寒光直刺人心。

黄英是典型的苏州江南女子，文字则时时处处流露出女性的阴柔特质，青春的思索、徘徊、迷茫、爱……共同的年华，共同的心境，但不同于当时学生作品普遍的浅显与无病呻吟，她的文字有一种挥之不去的情绪笼罩其中，呈现一份淡淡的忧伤，文字干净，充满文学性。移民之后，多年没有很好使用中文的她，在新近的文章中，无疑可以看到她的这种疏离，但看似漫不经心的叙述，其实笔触细腻，依旧能够感觉到黄英驾驭内心情绪、意识、心理而转化成文字的高超能力。

从然、冰火是《西风》重要的女性作者，比我高一届的她们，无论在文学视野、阅读深度还是写作经验上，无疑老道与独到得多，女性的内在隐秘心理，通过她们的文字，能够感受到明显的女性主义文字（文学）色彩，也令《西风》因此获得了更多的读者受众和潜在的女性作者。

相对于黄英、从然、冰火这些女性作者，同样是 1986 级的东尔（陈培军）的文字，清新平淡中见深刻、成熟，诗歌风格接近顾城，应该说他比我们更早的懂得了诗歌写作的精髓。

唯有许廷平一直坚持文学诗歌创作，而且愈见其创作的纯粹和作品的宏远。从富饶美丽的故乡四川出发，从母校西北纺织学院毕业，来到遥远的南疆，来到塔西南油田的奎依巴格，与石油结下了不解之缘，其人其诗，一起随石油迁徙而翩翩起舞。

1998年后，许廷平已陆续出版了《奎依瓦克》、《跟随石油迁徙》和《慢时光里的宝石花》三本诗集。

许廷平的写作才华，在学校时已经显露，其后壮美的西部戈壁和火热的石油生活，更带给他思索、眷念、热爱、熟稔、悲悯的生命叩问和深刻、壮阔、宏远、大气的诗歌意境。

我愿意相信，假以时日，许廷平一定可以成为中国西部诗歌写作的代表人物，甚至成为中国石油诗歌写作第一人。

显然，也是高一届的师兄，环境工程1986级的淮贵，最近几年重新捡拾起文学创作，与大学时清新素朴的文字相比较，他今天的文字无疑厚重深刻得多了，对生活、对社会、对世界的理解，充满着自己独特的思考，这些从他的小说写作和社会评论的文字，可见端倪，而浙江省作协会员的身份应当是对他文学创作最好的肯定与褒奖。

马立川早期的文字，深受朦胧诗的影响，诗歌文字的运用，生涩冷峻中时见高蹈宏阔，阅读涉猎所得，散文则开始流露出向着前辈文学大家学习的痕迹，也不乏笔意老道之处。

严海蓉与黄英一样，同样有着大学青春普遍的迷惑、无助和莫名的忧伤，有关友情，有关爱，有关离别，也最容易把这种忧愁伤感诉之于文字。

路抒有着江浙男孩的内秀，文字也呈现出秀丽的风格，与大多数校园诗人一样，青春期的苦闷、迷茫与思索自然也漫延其中。而细细品读路抒最新的回忆文章，真挚感人，才情终究难抑，文采更加斐然，益见其对人生的智慧感悟，唯对作为师兄的我过誉了，但还是尊重作者的意愿，一字不改。非常感谢30年后的鼎力支持，通过编辑此期《西风》的契机，让我们连接起一如从前且更加内敛深厚的校友兄弟情谊。

梅儿学生时代的文字，清新又俏皮，青春扑面的大学时光，真正一个花间跳跃清纯而不无忧伤的女孩。为妻为母之后，文字更见女性的细腻与感性，《重叠的刀口》，呈现出一种生命感悟的疼痛美学，《奶奶》则从细节的切近描写，抵达怀念与感恩的生命哲思。

许凌、邵华、老黑、张晓丽等几位学弟学妹，既延续了20世纪80年代诗歌写作的热诚，也步入90年代校园文学写作热情与氛围些微的开始，从文字的质感与诗性，也开始被时代的潮流所慢慢冲淡，在潮流面前，个人的力量终究微弱。

其实直到现在，中国诗歌的写作与热闹，还是依旧停留在20世纪80年代的那一代诗人中。在中国新诗百年的各种诸如"百家诗人"等评选中，优秀的诗人依旧是我们熟知的那几位。

这次还选录了母校2000年后包括2017级的学弟学妹的作品，欣喜母校校园文学传统的接续，也可喜后生可畏。网络文学浸染下的他们，明显呈现出许多网络碎片化的文字，从文字运用、思考深度、审美高度，与20世纪80年代的同龄校园文学爱好者相比较，有着显著的不同。从内心出发，特别希望已经有着人文学院汉语言专业的母校校园文学，能够超越我们，毕竟80年代的母校还是一所纯工科院校。更重要的是大学人文精神的发扬和传承尤其是校园文学等的活跃，对于一所大学精神气质的呈现与提升是多么的不可或缺。教育之终极目的是以文化人，养成君子，大学之大，固非大楼之大，乃大师之大，但更是人文之大，人文精神之日积月累、代代传承，大学其益大矣。怀抱道德使命和人文关怀，有益于对人类精神世界的关照和社会道德的提升，才是成就大学的真正目的。

沈奇老师在他主编的《你见过大海——当代陕西先锋诗选》对我的诗歌作品有过点评，"陶醉作为诗人，更多以是'校园青春'岁月中一段诗性生命的历程而非事功的取决，是以更能代表'校园诗歌'的某些属性：青涩、诚朴、恋恋一季而耿耿一生。"尊师出于对我的关爱，肯定对我多有褒奖，而我实在算不得诗人，自己也从来不认为自己是诗人，充其量热爱文字而已。

对于外校的诗友们，对他们的感激，其实更多一分，从前如此，包括这次向他们邀约作品，爽快应承、延续西安共同的诗歌岁月情怀之余，更因为他们作品的优秀实在高过我很多。

我就试着点评或借助沈奇老师、王俊秀老师之口点评他们的作品。

首先是逸子，逸子无疑是我们当时西安高校中写诗写得最好的人之一，就是把他放到当时的整个中国诗坛，逸子也无疑可以列入20世纪80年代最优秀的诗人之一。逸子的诗，超拔奇崛，想象丰富，题材广泛，所到之处，词句从容，信手拈来，水到渠成，贴切自然，不露斧凿痕迹，至今读来，依然令人激荡激荡。这次所呈现的都是逸子创作于80年代后期的诗歌，从他发给我的整本诗集中，我不知道从中如何挑选，觉得每一首都属上佳，实在难以割舍。不仅如此，逸子也是我们当时真正的诗歌活动和《十七天》诗刊的组织者和领导者。

对于夜林、方兴东，沈奇老师在他主编的《你见过大海——当代陕西先锋诗选》对他们诗歌作品有过的点评，无疑是深刻和高度的专业点评。

"夜林大赋其高，具有较强的吸收和化合能力。细读其诗，底色中时见韩东、丁当、伊沙等的影响，但又不失其个性的视点和语感及意象，化得融洽，别有所悟。"

"兴东的诗以个人成长历程的精神史为本，有感而发，朴实而清越，有到位的生活质感和情感肌理。"

1999年方兴东出版了他的个人诗集《你让我顺流漂去》，王俊秀在序言中这样评价方兴东的诗歌："在平缓的诗行中，一种生命的沉痛弥漫开来。"

诗无疑应该是文学或文字最高的表现形式。诗歌写作、诗意文字的本质，也应该是诗性思考的表现方式。诗歌写作、诗意文字、诗性思考、诗性生活，可以是独立的存在方式，而我认为诗性思考、诗性生活，应该高于其他。

这种很好地把诗性语言与诗歌文字融入到专业写作中的，方兴东当是第一，他能够在他那些逻辑性极强、看似枯燥的 IT 互联网领域的文章中，处处呈现诗性文字、诗歌语言，诗意盎然。他早年撰写的《挑战微软》和在《南方周末》写的专栏文章，我几乎把它当诗歌散文般的文章来阅读。

而廷玉，是悟性、灵性、天赋极高的人，在形式、语言和意境之外，作为与夜林、方兴东、蔡劲松一样的交大理工高才生，廷玉写诗与他解数学题一样，刀法娴熟，运斤成风，游刃有余，举重若轻，不需要苦吟，不需要搔头捻须，手起刀落，笔落诗成。最新为此期特辑专门即兴创作的文字，完全可见廷玉的才情和真情。

蔡劲松的诗，一直保持早期的清新质朴，不事雕琢，呈现事物的本来之美，完全的天赋才情流露和性灵之作，也正如他的为人，真挚而善良，最近的作品，更多了人文涵养、生命感悟和一种绘画雕塑艺术的视觉质感。除了诗歌，最近几年，勤耕不辍的蔡劲松，还写过大量的小说，这些文字舒展并沉淀着他的艺术才华，他又不满足于只用文字表达自己，于是，雕塑、绘画纷纷走入了他的视野。"味劲松之诗，诗中有画，视劲松之画，画中有诗。"

小村大学时期以诗歌见长，作为陕西师大中文系才子，科班的文学学习，文学理论的了解，文学批评的技巧，无疑能够让他很快进入写作状态，诗歌写作可以是主业，诗歌批评也同时展开，因此，小村在大学时期，就显露创作锋芒，作品丰裕之余，还与其他诗歌同道们发起和参与了当时很多的诗歌活动和刊物主编。大学毕业的小村，就正式走上了文学创作之路，先写诗歌，再写小说，诗歌的特质使他在语言运用上得到持续进步，对语言文字的天赋敏感和驾驭能力，令他的文学气象和开掘力度愈见宏阔与深入。对人文历史的熟稔和社会当下的思考，投注以真挚和素朴的作家情感，小村的小说，具有充沛的人文情怀。汉中的山水适合生长优秀的作家和文字，诗意地生活在汉中大地上的小村，写出了许多优秀的作品。今天的丁小村已然是文章大家，进入了作家诗人的行列。而且我视小村为陕西作家军团的实力代表，他的才情和勤勉，每每让我想起他的作家同乡、我热爱的贾平凹先生。

万物都有诗意的存在，关键在于感受，而抵达灵魂深处的语言，一定饱含诗性。楼建瓴无疑深受传统国学的浸染和知识家庭的熏陶，诗歌中处处呈现出一种古朴的文字和高远的意境，视野开阔，贯通古今，他选择用诗歌的方式与我们对话，对话中蕴藏着辽阔深沉的诗性。无论从立意的高度、思想的深度，楼建瓴的诗歌，特色鲜明，保持了诗歌的纯粹与信仰。

作为女性诗人，曾经为了诗疯狂过的水远，才情卓然，早年的诗歌，属于遵从自己心灵呼唤的写作，诗心机智，轻盈质朴，潇洒自然，尽管与我们大多数人一样，毕业后以笔作剑，驰骋职场，但水远的近作依旧保持着敏锐的诗性，并散发出智慧的光泽，在清新的语言之中，包含着文字的坚韧和诗意的温热，大气、从容与深情之中，流露出一种沉稳和坚实的品质。水远以女性的敏感和柔韧，不经意间守护着诗歌传统价值的光辉，敬畏一切事物的美德，也为这个变化的世界、苦难的人类以及创伤的记忆作证，借此领悟生命之重。水远的诗歌质地纯粹，深刻地反映了她内心世界的澄明、宽广、悲悯和温情，并显露出她在驾驭诗歌语言和节奏上的不凡禀赋。

作为当年《倾斜》诗刊的主编，独扎的诗歌从早期写作便可以感受到一种先锋性和实验性的意味，2016 年重新回归诗歌的写作现场，却走上口语诗写作的探险之旅，最新出版的《不存在的诗篇》、《乳房与月亮》、《三号线》三部诗集，很好地平衡了诗歌内在的先锋意志和外在的美学特征，其中佳作迭出。与东岳一样，优良的体制内工作、生存游刃有余、从容闲适之余，被压抑已久的天赋才华、丰富的人生阅历和诗性的记忆，让独扎如今能够写出更好的作品，中国新诗百年之时，也是独扎重新回归诗歌写作现场之时。

东岳比我们几个晚些进校，很遗憾地我与他错过了在西安上学时的见面，从今天看，在我们西安诗歌岁月诗友群中，东岳在我心中是目前写诗写得最好和最纯粹的人。东岳的诗，文字干净，语言简洁，当止则止，回味悠远。他擅长用外在的简单呈现内在的复杂与开阔，诗歌的语言充满质感和张力，从而令诗歌所留下的想象和可开拓空间得到充分的体现。尤其是他的法院系列，除了优秀诗歌文本应有的写作技巧等外，简洁的语言让他眼中的事物直接成为图画中的景物，透过日常生活的观察，他表达着自己对世界和生命的看法，文字中处处可见真切的慈悲心、同情心，特别让我感动。东岳已成为"70 后"最重要的实力诗人之一，按他目前的写作态势和激情，完全可以比肩伊沙兄这样的前辈诗人。

除了丁小村走上作家纯文学创作之路，而逸子、夜林、兴东、廷玉、劲松、刘志武、水远、西村独扎、东岳等，都是业余写作或干脆停止写作，但透过他们早先的性灵文字和天赋才情，这些天赋异禀的脑袋，如果他们一直坚持专业从事义学创作，恐怕他们也会比现在很多所谓的作家诗人强吧。

"不辩门径，何窥堂奥。"诗歌的堂奥神圣崇高、幽深莫测，智短力绌的我从来不敢说自己懂得写诗或懂诗，不用说找不到到登堂入室的门径，其实我连诗歌的门槛在哪里，也不曾摸到，尤其随着年岁和阅历的增长，文字本有形、有声、有义，诗也有技艺，唐诗之后，诗歌的创作，越来越要遵循它的法度和规则，要有声有色，有音韵、意义和辞藻，有字词和句的质感，有整体审美，包括才百多年的现代诗，纵然形式自由，节奏、旋律、色彩之上，其实也有章可循。

但有时也安慰自己，有着我们汉民族先民诗歌初声的《诗经》，元气满满，那时何曾有诗歌的法度规则和文学的庙堂贵气，其浑然一体，平实安详，充满神性，完全的天籁之声，完全的赤子之心。

沈奇老师说："作为人类灵魂自由而真实的呼吸，真正的诗人之心，应如水晶般透明和清纯。"

诗人匡国泰说："天才只需要一个深蓝的背景，就像飞鸟省略梯子。"

作家和诗人，需要伟大的想象力作为基础，诗人更需要才情，随着年岁的增长，生活阅历和对文字驾驭的功力会一起增长，思想的境界也会提高，但你一直觉得写诗，需要的是才力与才情，是一种天赋本领。正如学习即回忆，文字就在那里，句子也在那里，诗人的贡献是把这些文字与句子，信手拈来，组成一行行的诗。

对我们大多数同学诗友而言，诗歌的写作或许只是我们生命长途中一个小小的段落，正如我们的初心那样，诗性的思考将伴随我们一生，不会停止。

无论如何，写诗的目的绝不是为了自我张扬，它应该是为了一种更高的可能性。

在西安的诗歌岁月，有沈奇老师，有伊沙兄，有逸子的热心，有方兴东、夜林、蔡劲松、朱廷玉、丁小村、宋伟杰、楼建瓴、水远……我们一起创办《十七天》诗刊，我们一起举办文学沙龙，听讲座，相互串门，用干瘪的口袋、贫穷的饭票和贫瘠的菜蔬，仍不失热情地款待兄弟姐妹，用劣质的稿纸誊写青涩的诗行……那是我们共同的诗歌岁月，也是我们美好的人生时光。

那时的我们青春盈面，年华灿烂。

毕业后大家各奔前程，为理想，为生存，为生活，这些人中，除了丁小村，能够一直坚持文学诗歌创作的很少。

人生路上我们的遇见相识，并曾经一起成为路上的风景，即便随后又各奔东西、各安天涯，那曾经的文字激荡的岁月留痕，依旧清晰照亮与指示着过往的记忆和未来的道路。

我还是愿意相信，经历过汹涌磅礴1980年代诗歌潮流浸染的我们这些人，尽管大部分人已经没有大块大块的时间和精力从事诗歌写作，但对诗歌的热爱依旧初心不变，真如我们从最初出发时那样，我们对诗歌的热爱，本是天赋性灵的表达，那种诗性的思考与诗性的文字，早已经融入到我们从事的职业或专业，甚或生活之中。

时光流转，岁月变迁，无论身在何方，无论我们经受了多少风吹雨打，诗性的文字成为我们灵魂深处永远的圣地，唯有诗性的光辉永远指引我们回家的道路，让漂泊的每一个灵魂拥有些许温暖。

艺术和诗歌是人类的一种生活方式，海德格尔引用荷林德尔的诗句说："充满劳绩，但仍诗意地，栖居在这片大地上。"

20 世纪 80 年代是一个中国诗歌运动风起云涌的时代，至今回想我们上学时的那个年代仍然会心情激荡。我依旧这样认为，20 世纪 80 年代是现代诗歌最为纯粹的时代，是充满理想主义激情的"60 后"诗歌写作的黄金时期，在北岛、顾城、舒婷他们之后，韩东、丁当、于坚、伊沙等包括现在依旧活跃在当今诗歌的著名诗人，最好的作品基本在 20 世纪 80 年代完成。20 世纪 80 年代上大学的时间，也基本完成我们这些"60 后"的人格培养、精神塑造与诗性熔铸。

青春应当阔达，诗歌属于青春年少，恰似天地之始，譬如《诗经》，是我们汉民族最初的诗性发心，又如盛唐诗歌，正是我们民族历史青春盛年的激越歌唱。而年轻时谁都可以是诗人，青春生命的诗歌表达，就像天花必须发出来一样。写诗是灵魂的拷问与神性的表达，必须青春的见证与参与。

初初踏入社会，霎时跌入四下的黑暗，看不见路在何方，也不知道要等待多久，才能见到光明，而诗歌依旧像一根蜡烛，握在手里，纵然烛火微弱，有它的陪伴，使人些许心安。

我曾经写过一首《西安诗歌岁月》，就是用来致敬我的这么些诗友们和他们的诗歌以及我们共同的西安诗歌岁月。

无疑那是渭水西风和长安落叶
是先周故地
是秦汉雄风
是盛唐气象
巍巍然有着十三朝古都的风范
悠久的历史
几千年积淀下来的王者之气
尤其大唐盛世的壮阔在这里开启
王朝的雄风与昔日的荣光
千百年来一直强劲的吹来
吹到 1980 年代
哪怕在微暗的黄昏
也能够感受到大雁塔的绕绕梵音
生命里都可以涌动对历史的追忆

是的
你也真有幸
一千三百多年后
在 1987 年

第一次走进长安城
千年古都
厚道的西安人
收留了你四年时光
你喜欢躺在这千年之前的长安身上写诗做梦
一遍一遍地走过
骡马市、钟楼、端履门
爬上大雁塔

深入长安的腹地
回望唐朝
王杨卢骆
大小李杜
白居易、元稹、刘禹锡
唐代诗人次第走过
长安的每一寸土地
留下诗人的足印或车辙
经受过岁月洗礼的青灰石砖上
有诗人吟哦的痕迹
一粒粒灿烂的文字
玉树临风
吟哦中散落在台阶石缝之中
随便走进哪个角落
一片残存的泥陶瓦当
都可以捡拾起一段段脍炙人口的优美诗句

你在他们走过的街道上行走
或石阶上坐下
踱着步背着手背诵唐诗
或低头翻看厚厚的唐诗集
忽然觉得自己也可以写诗

一千三百多年后
西安似乎要重现长安城昔日的繁华与热闹
诗歌如火如荼

1980 年代的大学校园
遍布写诗的人

千里万里
一城一地
唐诗中的长安
诗句信手拈来
西安就是这样一座城
你躲不过一些旧日的诗句与故事

笔直伸开的街道
彼此间构成更为广阔的东西
展露人的生死、命运和一生的辛劳

是西安
令你获得了一种凝视
获得了一种比天空还要深广的覆盖

大唐诗人如终南高山
一个个在你前面巍然耸立
厚厚的唐诗集
厚重得像碑林的石碑
一行行诗句闪闪发光
足够让你沉醉
你开始学着吟哦诗句
写一行行的文字

情怀：编辑此期《西风》纪念特辑的缘起

2018 年 5 月 28 日，我首先向《西风》原来的编者、作者发出约稿函：

"那时风吹，春雨春花。

你是花间跳跃清纯而不无忧伤的女孩，我是志气满满青涩且浑身粗粝的少年。

30 年前，在青春飞扬的西纺校园伴随着我们一样青春飞扬的年华，我们一起创办了母校西安工程大学（原西北纺织工学院）的校园文学刊物《西风》，我们一群不知天高地厚的人，一起用稚嫩的笔触写下一行行青涩的文字，30年后，尽管时间正在慢慢远去，尽管那个诗意青春的年代已经退后，退进岁月和记忆里，然而，如今再次翻阅和回忆那些散发着青春荷尔蒙的文字与经历，依旧亲切和美好。

今年迎来了母校办学106周年、独立建校40周年校庆纪念，母校会用各种形式庆祝校庆。

尽管30年后的我们已经开始走向中年午后，你我作为《西风》曾经的一员，让我们再一次捡拾起那时的梦想与忧伤，重新诵读和书写那些让我们震颤和心动的诗句，像曾经写完后热切地要读给爱人那样，我们再一次编辑撰写一期《西风》，再一次一起向青春靠近，在母校独立建校40周年校庆纪念到来之时，以我们特别的方式，向敬爱的母校致敬和校庆献礼。

同学义重，母校情深；梦回长安，心系母校。

2018年10月20日，母校独立建校40周年校庆将如约而至，让召唤与回应在这深情的感怀中，全然洞开。"

"卅载光阴弹指过，未应磨染是初心。"

意料之中，但也出乎意料之外，30年后的今天，他们都给了我热切的回应。当我询问他们编辑《西风》纪念特辑的意义时，他们又纷纷肯定和支持。

毕竟《西风》是母校的《西风》，全体西纺校友的《西风》。

对于发心编辑此期《西风》校庆纪念特辑以及由此引出的对1980年代西安诗歌岁月的回顾，立足点仅仅在我的母校一份曾经的油印校园文学刊物而已，我们绝对没有资格、没有能力、也没有胆量对1980年代的思潮、诗歌和校园文学做审视、回顾和剖析，也不想表明我们在1980年代的诗歌地位，这些事让诗歌写作和评论大家来做，才是合适。实在地讲，具有开创性标志的北岛、食指等人之后，《今天》和《他们》之后，哪怕后来各种流派林立、旗帜纷扬的诗坛，包括各地校园诗社，其他后来者至多是被时代的潮流裹挟其中而已，超越者少。于我们《西风》更是这样，因此，我们所作所为，只因为我们热爱母校，热爱青春，珍惜友谊，而用文字的方式表达与呈献对我们母校的一份情怀和对那段共同浸淫的西安诗歌岁月和友情的缅怀。

同样，辑入的文章，有选录在早期《西风》刊登过的作者文章，既是为了缅怀致敬，也是为了呈现我们曾经青涩的样貌、稚嫩的笔触，也有此次专门约稿的文字，稚拙、青涩与老辣、成熟，兼而有之，参差不齐，选录文章，按作者入学年级顺序排列，年级跨度从1985年到2017年，文字不论多少，最最感动在于每一个作者所呈现的都是一份独特的情怀。毕竟30年后的今天，各有天涯，每个人的生存状态和精神状态也不同，请读者多加包容。

另外，尽管文字粗朴，但赤诚如初，我们依然要向1980年代西安求学生涯、西安诗歌岁月致敬，向此期《西风》纪念特辑中出现和没有出现的人一同致敬。

更重要的是，我们只是一份曾经的校园文学刊物《西风》，而不是《人民文学》、《十月》、《当代》，如果落入作家、诗人、文学批评大家的手中，且请以仁慈、宽厚的目光对待我们。

诗人从来不应该是一份职业，我们是父母的孩子和孩子的父母，我们是某一领域的专家，我们写过诗或还写着诗，但千万不要冠我们以诗人，我们只不过宿命般的正面遭遇了那个共同的1980诗歌激荡的年代。

我个人没有混迹文学圈，也向来不喜诗歌有江湖门派、刀光剑影，而且认为写诗的人更应该有慈悲心肠。

文章千古事，在崇高的命题面前，我们愿意保持一贯的恭谦诚朴。

回顾过去，并不是要凭吊青春，凭吊那个诗的年代，只是生命历程中每每遭遇一个重大的事件或时间节点，我们都会进行人生的自我辨认。

在母校之前，我们拥有各自的生活，在母校之后，无论我们此后的道路、远方和生活各有不同，但母校进而西安是我们人生交叉的共同节点，命运给予我们这样一个位置，终究谁也改变不了。

静默下来的时候，就会想，无论我们走到哪里，西安诗歌岁月，必将与母校一起，与西安一起，永恒地刻画在我们的命运之中。

是的，在今天这个无所不有用的世界上，只有诗无用。但无论如何，我愿意相信，诗性的光辉终究会照耀与安慰苦难的人间和苦难的人类。

年龄的门槛开始跨过五十，似乎可以有理由怀旧，但对于编辑《西风》校庆纪念特辑，更多是母校校庆的这个特殊契机，应着母校的召唤，再次用文字的方式呈献我们的校园情怀、人生思考、岁月印痕以及对母校挥之不去的热爱。

正如同当年我们跌跌撞撞从校园迈出第一步，我们不得不开始接受时光的煎熬和磨砺，不得不接受甚至融入平和、平凡、平淡甚至看似平庸的生活，但是一想起青春的志向，总会一次又一次让我们在午夜惊醒。多少年过去后，我们光洁的脸庞变得粗糙，纤细的腰身变得臃肿，在一个飘雪的薄暮，或细雨的清晨，依旧会柔软地想起母校。

改变的是阅历，不变的是情怀。

大道青天，屹立于我们心中、绵延于我们身后的依旧是母校这个熟悉、亲切且庄严的风景，一个我们终生走不出的风景与记忆！

我们终将成为母校的教化和传承，母校始终都是我们的堡垒和乡愁。无论我们已经远行多少年，母校始终源源不断给我们强大的力量。

饱读了沧桑冷暖，我们依然会将一份温暖的笑意藏在心中。

风雨江山之外，别有动我心者，母校而已。

愿母校人文化育之风，一直劲吹不止。

愿母校校园文学之风，一直劲吹不止。

再次感谢每一位校友同学。

再次感谢沈奇老师、诗人伊沙、逸子、夜林、方兴东、朱廷玉、蔡劲松、丁小村、刘志武、水远、西村独扎、东岳等外校的老师和兄弟。

再次感谢美丽西安长久的诗意和持续的温暖。

再次感谢母校，在 30 年前，以慈母之爱、宽广之心包容支持我们创办《西风》，在 30 年后的今天，让我们有机会再次以文字的方式与您切近和拥抱。并且依旧得到无微不至的支持、指导和关怀。

全书文字难免粗朴，但赤诚处处可见，最后恳请读者能够以仁慈、宽厚的目光对待我们。

"一个好时代的言语像银碗里盛雪。"（胡兰成语）

"户外大雪纷飞，在找着一个人的名字"（张枣《厨师》）、"只要想起一生中后悔的事 / 梅花便落了下来"（张枣《镜中》），"我咬一口自己摘来的鲜桃，让你 / 清洁的牙齿也尝一口，甜润的 / 让你也全身膨胀如感激"（张枣《何人斯》），每每读到这样优美的诗句，"一股温柔的热流贯注上下身"，眼泪也会如梅花一样，一起落下来，无论春夏，无论秋冬。

午夜梦回，长安历历。

那时风吹，春雨春花。

是为序。

2018 年 6 月 8 日

于珠海

那时风吹

目 录

辑二：他们在场

辑三：风送祝福

辑一：风继续吹

终有一根细润绵密的丝线
带我们跨过时间的深渊
看见蚕
触摸光滑与温暖
繁花似锦

结茧与缫丝的痛苦
最终都使蚕走向生命的成熟与开阔
被所有的时间照亮

蚕作茧自缚
但生命一转身
进入一个更大的空间

塔娃

和我的梦对话……

1
就这样送走
那
 个
  缠
   绵
的梦境
吗
看不见你是否
会挥一挥手
只将梦境留下　将
清晨
带走

2
别担心四月正年轻你我正年轻
你我的四月从容地做着雨季的梦
走进斜风细雨
四月的你我从容地回忆　流泪
走进唐诗宋词
不要说四月没有一棵开花的树
昨夜风雨　花开花落知多少
而你　来自我梦乡的蓝衣少女
站在浪花之手不及的沙滩上
像一棵渴望的杨柳

亭亭
玉立

你为什么还要这样等待
我为什么还要这样幻想

3
我们种植过爱情和记忆的沙滩吗
回忆之足一次次踏月色响过

你用手写在沙上的名字
已被另一双浪花的手带走
就像你拾贝的手
说不清温柔还是残酷

再听一次那贝壳中的潮声吧
纵然只有一个蓝色的休止符
也是那么迷人

迷你
迷我

4
是的　梦没有地址
我依然要在即将到来的生日
只邀请我的梦
和梦中的你对饮

不是开始也不是结局的深夜
这装满未知命运的
空啤酒的枪口
是先对准你
还是先对准我

谁相信这样的醉语

谁相信这样的……

5

如果我所有的梦境
只萌芽你芬芳的身影
我如何能不爱你

我如何能不爱你
只萌芽你远去背影的
我所有的梦境

因此　在四月的梦中
我青春的花瓶
不插花
只插你

6

有谁能逃过这月光的审判

年轻的夜以古老月色为暗号
敲打着我四月的窗户
那为子夜而鸣的钟声
将以怎样奇迹的极光
划破我们的四月
和四月我们的梦境

沿子夜的钟声走去
谁敢轻易说这样的日子
仅仅是
又一页日历撕了

刊发于《西风》创刊号（1988 年）

那时风吹

曾经是这样

曾经是这样
信封和信封对峙着
绿色的邮箱在季节之外
站成一座孤独的桥
我在这边
你在那边

曾经是这样
把手伸进季节的十二个口袋中
四个已被时间的针缝合的口袋
像四株干瘪的稻草
只装满思念的空气
那第五个口袋我将掏出什么
一封期待已久疲倦的来信
还是一枝花朵般令人怀疑的记忆
一段被昨天陌生的热情点燃
至今没有烧尽的木头

曾经是这样
日子审判我我也审判日子
我像影子般憔悴
而日子就是我们每天穿着的
穿旧了还要穿下去
尴尬的衣服

刊发于《西风》第二期（1989年）

塔娃，1985级校友

黄志华

软体·硬壳

人，是最动物的动物。软体的，或是硬壳的，说不清，或许生来是软体的，后来长大了，就有了硬壳。

硬壳的动物是为了防御天敌，而硬壳的人类却是为了提防同类。

人本没有壳，背上个壳，当然沉重。但一心一意地想着为了提防，也就忘了这个重压。

但人有感情，要爱。而爱是软体的，需要互相袒露，互相温存，不互相遮掩躲闪，不互相胆战心惊地提防，需要把硬壳卸下来！

但卸下硬壳是件可怕的事，哪怕只掀起一个角，依稀露一点点软体，因为软体在硬壳群里是一个弱点，致命的弱点！

记得有个神话：一个神恼于无计杀死对手，因为对手是牵牛虫变的，浑身硬壳，刀剑不入。一次他终于想出一条妙计，设法逗引对手高兴得意忘形而引颈大笑，这一笑便露出了颈中的软体。"嚓"一刀便撩下了头，可怕！

要是某人露一点点软体，怕不意被人加一刀，甚至也悸于被对方送一刀。

于是，谁都认定露软体是弱点，相当可怕，不可轻易行之。自己不敢露，反过来落到有哪个胆敢不"规矩"，便蠢蠢欲动，伺机捅一刀，解解闷。

于是，人人都学会了各种各样稀奇古怪的本事，硬是把自己罩在硬壳里，严严实实，即使有陨石跌来，也无损一毫。

于是，人们都失去了多少痛痛快快地爱与被爱的乐趣。

哈哈！

刊发于《西风》创刊号 1988 年

图腾

图腾在我们教室正对黑板的墙上。

这是学期始我们布置的，几块彩塑纸和一片涂成腥红的铅画纸。

几个不同颜色，不同形态，不同大小的色块，狂热地冲向膨胀得腥红的歪歪扭扭的太阳。太阳光芒像融化了的糖块（有人说像宿舍床底下的臭鞋垫）。细细的桅杆，实在是伸得够高了呵，刚刚戳着太阳。下面没船——记不清是漂走了呢，还是当初就没有。当然有很大的浪，一块一块的是剪剩的碎片。

不知什么时候，历史进化到图腾上出现了文字，是简化体：

"不，不，你胡说八道！"

"乡土气息"

"我喜欢你吗？"刻得最大。

"闲得无聊"

"傻瓜"

雪白的墙，有半个残缺的鞋底印。

这是我们的图腾么？

刊发于《西风》第二期 1989 年

巴黎读书笔记

再约

很喜欢张岱的《湖心亭看雪》，喜欢"湖上影子，惟长堤一痕，湖心亭一点，与余舟一芥，舟中人两三粒而已"的湖中雪景，更喜欢张岱的"脑隙搭牢"*。"大雪三日，湖中人鸟声俱绝。"这个非鸟非人的张岱偏偏要钻出来到天云山水已"上下一白"的湖里去滴它一"粒"！这"上下一白"中的一"粒"便浑然与天云山水共成雪景，与自然分享快乐。

与亭上意外相遇的另一个"脑隙搭牢"的金陵客"强饮三大白"，又在对的时间对的地点与对的人分享快乐。

很想知道这金陵客是谁？同是看雪者，张岱留下了《湖心亭看雪》，而他只在湖心亭留下了一些深深浅浅的脚印；张岱的快乐还可与当时不在对的地点的许多人分享，更可以与现在不在对的时间的后人及后人的后人一直分享下去，而金陵客的快乐只与他留在湖心亭的脚印一样早已泯然时空矣！

"哥们儿，去滴一粒？"我听到这非鸟非人的张老兄笑吟吟的邀约，室外的巴黎早已没有上下一白的雪景了。自然我想到了西湖：大雪三日时，在下已与张兄有约！

你们约吗？

注释：脑隙搭牢，浙东方言，常指人思想悖理、行为愚蠢，此文中有心思简洁、处世淡泊、超然物外之意。

读《小港渡者》一乐

庚寅冬，予自小港欲入蛟川城，命小奚以木简束书从。时西日沉山，晚烟萦树，望城二里许。因问渡者："尚可得南门开否？"渡者熟视小奚，应曰："徐行之，尚开也；速进，则阖。"予愠为戏。趋行及半，小奚仆，束断书崩，啼，未即起。理书就束，而前门已牡下矣。予爽然思渡者言近道。

——周容《小港渡者》

此文稍改如下则会如何？

应曰"徐行之尚开，速恐束断书崩则阖。"当时便无周生此等窘事，世上亦无《小港渡者》此篇妙文！

感谢小港渡者说一半留一半的不够厚道，感慨焦头烂额之事何尝不是好事？！

那时风吹

《郑板桥说画》（郑燮）

江馆清秋，晨起看竹。烟光日影露气，皆浮动于疏枝密叶之间。胸中勃勃遂有画意。其实胸中之竹，并不是眼中之竹也。因而磨墨展纸，落笔倏作变相，手中之竹又不是胸中之竹也。

记者打死都不肯承认笔下之竹已非眼中之竹，历史学家则在苦苦搜寻早已消失在时空烟雾中的当时的眼前之竹。

其实最真实的认知就是承认不真！

《此座》（张大复）

一鸠呼雨，修篁静立，茗碗时供，野芳暗度，又有两鸟吚嘤林外，均节天成。童子倚炉触屏，忽鼾忽止，念既虚闲，室复幽旷，无事坐此，长如小年。

"无事坐此，长如小年。"人生仅两事而已：一为人事，一为天事。人事嘈杂繁复，潮般涌来，淹没你的人生，让你透不过气来；人事退去，天事乃回，便见修篁静立，又闻一鸠呼雨、两鸟吚嘤，并嗅得野芳暗度，此时念既虚闲，室复幽旷，便生茗碗时供之雅兴。

一般"无事坐此"，无天事坐此则惶惶不安之长如小年，无人事坐此则乐而忘返之长如小年也！

《项脊轩志》（归有光）

项脊轩，旧南阁子也。室仅方丈，可容一人居。百年老屋，尘泥渗漉，雨泽下注；每移案，顾视无可置者。又北向，不能得日，日过午已昏。余稍为修葺，使不得上漏。前辟四窗，垣墙周庭，以当南日，日影反照，室始洞然。又杂植兰桂竹木于庭，旧时栏楯，亦遂增胜。积书满架，偃仰啸歌，冥然兀坐，万籁有声。而庭阶寂寂，小鸟时来啄食，人至不去。三五之夜，明月半墙，桂影斑驳，风移影动，珊珊可爱。

"有光"，绝好的庭院居室旧改设计案例！一切皆以"有光"为目的展开设计，果然"归有光"！

《苏轼日记》

马梦得与仆同岁月生，少仆八日，是岁生者，无富贵人，而仆与梦得为穷之冠者。即吾二人而观之，当推梦得为首。

数落好友范子丰新居比自己好，就好在对方要交"两税及助役钱"而自己不用。

调侃自己生不逢时生而命穷，顺便数落一下好友马梦得比自己更厉害，乃"首穷"！

真是人生要寻乐，何时无乐，何处不乐？！

《记承天寺夜游》（苏轼）

元丰六年十月十二日夜，解衣欲睡，月色入户，欣然起行。念无与为乐者，遂至承天寺，寻张怀民。怀民亦未寝，相与步于中庭。庭下如积水空明，水中藻荇交横，盖竹柏影也。

何夜无月？何处无竹柏？但少闲人如吾两人者耳。

意外看到苏轼的另一篇《记故人病》，才知"闲人不闲"，当天晚上快睡了还出去找朋友赏月；一鼓后还去看望了得急病弥留之际的"故人"。推理应该第二天写下两篇"日记"：《记承天寺夜游》和《记故人病》，且开篇均是"元丰六年十月十二日夜"。

忙得不亦乐乎，此为闲人哉？

黄志华，曾用笔名田雨，服装设计1986级，《西风》会员和作者，莨绸发现、活化与保护者之一，知名时装品牌天意TANGY、TANGY collection共同创始人，深圳市梁子时装实业有限公司总经理，深圳市天意莨园生态文化投资有限公司总经理，佛山市顺德区天意莨绸生态文化投资有限公司总经理，广东省服饰文化促进会副会长，广东天意莨绸保护基金会监事。

丛然

隐语

读你蹙起的眉头
如同读着两块永远分离的大陆
中间隔着平躺的瀑布
我招手　坚贞地
向你的背影
如同岬哑小舟鼓满风的帆
劈开似山的浪
刺穿似网的雾
勇敢地靠近
你的码头

读你颤抖的手
如同读着寒风中飘落的树叶
几缕漠然的微笑
镀上你如今的面庞
焦黄　枯瘦
只有脉络似骨　却
在冰冷的墓穴中埋葬了奢求
大地不知道冷暖
大地只会收留

我也蹙起眉头
却无法肥沃空白的田畴
我也颤抖着手
在不安中寻找同频率的节奏

有咚咚声询问
有咚咚声渗透
捻不碎你变形的躯体
遮不断我望穿的月光
在空气也会死亡的时刻
我不怕袒露内心的丑陋

岁月有时像一只罪恶的球
滚过来是一无所有
滚过去是血与泪　情与仇
说什么春花秋月
道什么浪世风流
一棵好端端的青苔
被搓揉得萎缩起皱

再无限的宇宙也能容纳地球
再宽广的海洋也能容纳小溪河流
再丰美的大地也能容纳一只蜗牛
再深情的空间也能容纳一丝轻柔
而最无限、最宽广、最丰美、最深情的人心啊
却不能容纳一支异族
哪管他风餐露宿
何惧其尸抛荒丘

日子越晒越孤独
褪去颜色紊乱经纬
在冷水中抽搐
在阳光下膨胀
仅剩几绺布头
摇来荡去地感受
不摇不荡的日子
大概是在百年之后

我放弃这淋漓的纤索
重新划起久弃的舟楫

匍匐于属于自己的码头
就像种子扎根于大地
它潮湿　它贫瘠
它是荒坟　它是地狱
它却是永不拒我的蜗居
我要采来阳光　系住绚丽
报答每一个饥饿
酬谢每一串欲望
让痛苦的生命拔地而起
耕耘一片新绿洲

当你的背影日落般融化
我会　坚定地
挥手

刊发于《西风》第二期（1989 年）

在病榻上

轮到我
苍白
轮到我
恹恹
轮到我
被路人的目光盯着
如同多味牡蛎

轮到我
握住陌生的安慰
和渐渐熟稔的关怀
顺着透明的脉管
呜咽于生命的源泉

窗前　有一树
木莲花
夭逝于一场暴雨
轮到我
嫣红地　站着
有如它们盛开时的
嫣红
一样

刊发于《西风》第三期（1989 年）

那时风吹

记在这个十二月里

黑夜涌过来
琴声紧紧相随
我们被或明或暗地点燃
天空中有谁相和
清脆的踢踏声

想起那个满月的夜晚
一群十二岁的孩子玩着游戏
而此时并没有什么不同啊
走过去握着你的手
走过来握着我的手
匆匆赶来的日子
喧响着舒展真实
没有开头没有结尾都没有关系
走的已走来的将来
我们不因有断带而站在时空以外

十二月的那个时刻终会来临
瞧　一个个省略号圆圆满满
让我们把深深的祝福
弹成一把吉他
泊在永恒的天上

许多个十二月以后
我们会冒着濛濛白雨纷至沓来
老老地欣赏着
曾经多么敏捷的身影
永不锈蚀地　亮在墙上

刊发于《西风》第四期（1990 年上）

丛然，原名刘文，管理 1986 级

冰火

秋叶

——月亮清纯的光环
嘲笑人的梦幻

秋叶纷纷各自孤独
沉默地撕扯自己
——没有诺言

为什么　我会
渴望已去的星辰
天堂还很远

叶茎流露出爱的抚慰
沉默变成了光环囚禁叶子
默契得窒息

彼此相似的嘴角
赠一份孤凄温暖的慰藉
升华的灵魂如月光清纯

叶子注视叶子　向往
玫瑰色的废墟祈祷
为纵身大笑的结局

没有了心　隐去了
悬空　天真的幽灵门

——哭泣么

星星落下来着火了
世界成了一片殷红色
——天空湿了

带血的胸膛
宽容地迎接冰冷颤栗的秋叶
——疲倦的小东西

疯狂的烟雾　没有
锚一样固定的准则
光焰在乞求永恒

一层带寒意的藏蓝色
会隔开着实重叠的秋叶
而永不改的是属于自己的乐园

刊发于《西风》第二期（1989 年）

感觉

一串串顽皮，固执的音符，拥挤着穿入木然的耳膜。

旋转的彩灯，旋转的人。机械的运动，木偶似的微笑。

一个破落、衰败的小村庄，苍苍茫茫的天宇，干涸的土地怎能被几丛苍白的小草掩盖，道道沟壑如村民脸上岁月的年痕。

（一个少女立于村头）。家家的村民纷纷离乡逃荒，他们回头最后一次望着这古老、萧败而养育了他们一辈子的小村庄，没有眼泪，迈着蹒跚的脚步走向远方。

（一个少女立于村头）。苍白的额头微微扬起，眼里含着美丽的忧郁。

都走了……亲人和朋友从她身边擦过，渐渐成了记忆。她曾经那么富有，拥有亲人、朋友的爱，如今都走了，独留她一人，忍受风暴，饥饿的摧残，慢慢倒下。

（一个少女立于村头）。一切离她那么遥远，没有人再会关心她的饥渴，没有人再会和她的心相对视。为什么她要像树一样固定，而披在她身上的衣袖那么轻柔。

（一个少女立于村头）。也要去逃荒么？或许盼着亲人归来，或许会有第二棵树立于村头。

晚霞组成的图案，那是天堂，血色的云波慢慢解体，就像巨大的痛苦渐渐木然。

世界成了一片深灰色。

刊发于《西风》第二期（1989 年）

冰火，原名何红，机制 1986 级

陈准贵

火的传说

有一种爱，像火，文静地燃烧，直至，直至毁灭自身。

——写给自己

在水深处
或表面
以优美的火的姿态
生存
燃起
最初的和最终的渴望
远山的诱惑
充满
火光之旅
眼睛穿透百世的尘埃

每个季节的每只眼睛
闪烁同一种光芒
月亮从来就只是
挂在半空
火文静的手指
被岁月又一次烫伤
世界以威严的姿势逼近
云梯已倒塌多年
无数的蚂蚁
啃噬幻想之果
火焰艳丽的桅杆

撑起
痛苦和谎言

水一直是在火之外
月一直是在火之外
花期一直是在
蜜蜂之外
转身或不转
火焰燃烧
燃烧
只
　留
　　下
　　　灰
　　　　烬

刊发于《西风》第三期（1989 年）

那时风吹

水

1

岁月在寂寞中把你流放，长长的岸，杳无人迹的岸。

默然伫立，面对水。

2

面对水，远山的呼唤尖锐地穿透旷野。许多遥远的、诱人的字句。

梦之树，疯狂生长，树根紧捏住每一个季节。美丽的梦境回荡如歌，自心中升起、扩散，缠绕你整个身影，用长长的蜘蛛网，围困目光。

深切的渴意，沉重的渴意。

水曾经被遗忘，你恍然。你触摸到了生命那双粗糙的手。

3

你为水顶礼膜拜。

水草茵茵地生长。青鸟在水中欢快地嬉笑、扑击。水中漂浮的许多湿漉漉的唐诗宋词。

还有时不时浮现的、魔鬼美丽绝伦的脸，笑意盈然。是的，水是魔鬼永恒的诱惑，水淹死过许多人。

每个热闹的节日，都意味着一次无法逃脱的炼狱。

4

水在贫困的键盘上扬起音乐，喂养季节那双毛茸茸的耳朵。

你逃避、惶恐，又被梦之鞭静静地驱回。影子四散奔逃，许多种情绪被日子点燃。

面对鲜花和坟墓，千奇百态的月光之恋，拥有同样的心思。

而喊叫不再属于你，岁月之泪，挥洒在寂寥的天空。

呵，朝圣的快乐！

朝圣的痛苦！

5

长长的岸，杳无人迹的岸。

寂寞地伫立，面对水。

清亮的水，透明的水。你触摸到了生命那双粗糙的手。

你没有勇气跳进水。没有。

鞋已湿透。

刊发于《西风》第四期（1990年上）

给我买点橘子好吗

"给我买点橘子好吗?"

她在床上说。一种生硬的、不自然的语调。似乎不是说出来的,而是硬生生从嗓子深处挤压出来的。

"好……的……"

他说。声音有点迟涩,似乎透着一种疑惑,一丝勉强,显得拖泥带水。

于是,他们不再说话。

她静静地躺在床上,眼睛空洞地望着天花板。吊灯发着柔和的粉红的光,使她感觉吊灯像个橘子。

"我去洗碗……"他自言自语似地说。

逃进厨房,他一只手轻轻扶着碗,一只手拿布用劲地擦,在两只手紧密的配合下,碗就像在全自动机器里一般匀速转动,一个个油腻腻黏糊糊的碗就无可争辩地变得光亮白净起来。

他觉得洗碗是件简单的事情。

他倒掉脏水,开了水龙头"哗哗"地接干净的水。在清澈的水里,碗更显得光亮白净了,给人以赏心悦目的感觉。他慢慢地洗好碗,又仔细地擦干净厨台,台面一下子显得光洁如新。他满意地站住欣赏了一会,为自己的劳动生出了一丝成就感。

他走进卧室,坐到了床边。

"有没有好点……"他俯下身子问。

她摇了摇头:"没有一点力气……没有胃口……"

他拿起她的手,轻轻抚摸。手很柔软,没有力量的柔软;手很白净,没有血色的白净。

"我给你削个苹果好吗?"他讨好地说,眼睛期待地看着柜台上的大大的红苹果。

她没有悬念地摇了摇头,这使他感觉被打了一记耳光,脸发烫发红。

"香蕉呢?"他仍不死心,加重了语气。

她还是毫不妥协地摇了摇头,这使他彻底丧失了信心,犹如全身被剥了个精光,赤条条地示众。

"我只想吃橘子……"她轻轻地说。

他默默放下她的手,将它塞进被子。他站起身来,慢慢走到阳台上。

夜幕已经拉开,黑黑的从四面八方挤了过来。街灯孤零零地伫立街头,在寒风中发着坚硬的橘红的光。

"天黑了吗?"她吃力地问。

"黑了……"他说。

他将身子趴到窗台外，似乎这样才看得清天是不是黑。他仔细盯着街上三三两两的行人，费力地辨认着他们的服装、脸型、走路形态。

"给我买点橘子好吗？"

她问。

"唔！"他快速而慌乱地低声应道。

他依然伏在窗台上，目不转睛地盯着人流。咦，这个有点熟悉，好像是区府办的，那个呢，是隔壁办公室的矮胖子，那个呢，是宣传部的，这几个呢，不认识，不认识，这个有点面熟……

这城市太小了，他想。

"等会要收摊了……"她固执地提醒说。

"哦！"他顿时惊醒。是呀，行人已很少，再等下去水果摊都要没了。

他给她端来一碗药，放在床头。然后窸窸窣窣地换上鞋，义无反顾地打开门，一阵冷风扑面而来。

水果摊并不远，就在楼下，过条马路就是。他低了头，只顾一个劲地往前赶。到了水果摊前，他慌慌张张地包了大半塑料袋橘子，不问价付了钱就走。走到路上，他甚至记不得对方找自己零钱没有。

他的头更低了，他想如果有顶帽子就好了。他感到拎在手上的一袋橘子很大，很显眼。他把它放在背后，结果一下一下打着腿走得更别扭，自然更难看了，更显眼了。对面好像有人走来，说着话，管他是谁呢，我低了头没看见就是。声音飘到了跟前，他依然低了头勇往直前。怎么，似乎有人叫自己？会不会是幻觉？就当没有……

"咣当——"

他气喘吁吁打开了门，又"咣当"一声迅速关上。

屋里果然比外面暖和多了。

"买来了——"他如释重负，带着一丝兴奋。他将橘子拎到床前，高高地举给她看，犹如重大的战利品一般。

她一见到橘子就情不自禁咧开嘴笑了，一用劲坐了起来，一边小心地问：

"给人看见了吗？"

"好像……没有。"他仔细地回想。

"那你不用担心像上次那样被人嘲笑了？"她高兴地说，迫不及待地剥了一个橘子吃，精神一下好了起来。

"……"他一时语塞。

"唉，机关里这些人……我们自己买橘子跟他们有什么相干，什么'橘区的机关干部连橘子都要自己买，连个橘子都没人给他送'，这有什么见不得人啊！"

她气愤地说。

"……"他无话可说。他为她端起那碗药，慢慢地搅拌。

"送是正常，不送是不正常，全反过来了，连买橘子都要偷偷摸摸，怕给人看见笑话，真是笑话！"她越说越气。

看着手中自己刚洗的白净的药碗，他突然心中一动：这样反常的事情能够慢慢变好起来吗？譬如洗碗，两只手耐心地全力地洗，换掉脏水，黏糊糊油腻腻的碗能慢慢变干净？

该文获第三届"文朝荣杯"廉政主题全国征文二等奖

债单

小车飞驰，车外不断变幻的世界看起来新奇而刺激。

"你还怕吗？"黑瘦的宋富瞥了眼坐在后座一直抱着行李箱的女人。

"不……不怕。"瘦小的女人激动地说，粗糙的双手紧搂着箱中一大叠一大叠的百元大钞，似要将身体融入大钞里去。

"我们发财了，我们终于发财了！"宋富忍不住哈哈大笑，"再也不用过那畏畏缩缩的寒酸日子了，再也不会低人一等，幸福的日子开始了！你不要怕，一切都有计划，身份证、驾驶证、车子车牌，全是新买的，我们不是我们，我们现在是这新的身份证上的人，明白了吗？"

"明白了。"女人不认识似地看着怀中不计其数的巨款，好像还不相信眼前的事实。

"没想到来钱这么容易，开个 P2P 网贷平台，3 个月，500 万！哈哈，500万！这群傻瓜，真是傻子多了骗子不够用呢！什么城里人研究生大学生，还不照样被我们农村小学生耍得团团转！想想他们那种鸡飞狗跳痛哭流涕的可怜样，真是开心！"宋富得意地嘲笑起来，带着报复的快意，女人也开心地笑了起来。

"今天我们就到五星级宾馆好好享受一下，放心，没人认识我们！"

傍晚，他们搬着大小行李住进了途经城市的以前想都不敢想的五星级豪华大酒店。

一进房间，宋富就止不住一声欢叫将女人抱到洁白的床上连滚了几滚，抚着女人过早出现皱纹的脸庞，宋富一阵激动：

"老婆，这么多年跟着我工地做工，饭店打杂，受苦受气，从今天开始，我们再也不做工了，我们要享受，我们有的是钱……"

女人感动地紧紧抱住他，泪水无声地溢出眼眶，流下脸颊，渗入床单。

"我总感到有点不踏实……"女人迟疑地说。

"有什么不踏实？我们到边远的云南贵州去，谁认识我们？你看，我们用买来的身份证住店都没事！"宋富坚定地说，精干的平头发型似乎在显示着他的信心，"开弓没有回头箭，不要想来想去了，对了，看一下全民追债网上有没有我们的债单。"

宋富迅速拿来手机，打开全民追债网，只见自己的名字赫然挂在债单的最上面，显然，是新挂上去的。

"妈的，这个多管闲事的追债网！"宋富忍不住咒骂起来。

"挂上去了吗？"女人担心地问。

"挂上去了！"宋富指着网页，"你看，平台名称：银石贷，法人代表：宋富，待收金额：531.32 万元……"

"这么快!"女人猛地坐起,惊叹道。

"是啊,"宋富冷笑道,"现在投资人也有经验了,一看稍不对劲就马上建维权群,报警,统一在全民追债网挂债单。"

"会有人接单吗?"女人呼吸急促起来。

"当然有了,债务追回金额的 20% 作为追债人报酬,怎么会没人接,网上一点就接去了,而且,都是些熟悉的人接单,熟悉的人知道到哪里追怎么追。村里程建东连信平台的债务,就是被平台里那个'连信运营'接去的,公司的运营总监催公司老板的债,嘿嘿,这老板也很难跑掉了。"宋富解释说。

宋富又庆幸道:"幸好我们跑得快,再熟悉的人也不会知道我们已经跑到两个省外了,哈哈,还是早点睡吧,明天早点赶路!"

劳累了一天,宋富很快呼呼大睡。不知过了多久,宋富忽地感觉到手脚难以活动,挣扎间醒了过来,却见手脚被毛巾绑得严严实实,没两个小时弄不开,女人正穿上新买的黑丝袜,准备出去。

"你,你干什么!"宋富又惊又怒。

"我不想和你过那种担惊受怕见不得人的日子。"女人一脸平静,用陌生的声音说道,"我接下了你的债单。"

"什么?!"宋富大叫一声,几乎难以相信,"你接了我的债单?"

"是的,"女人睁大着眼睛,"20% 就是 100 万!我一辈子都赚不到这么多……这对你也有好处,我追回债务你就可以堂堂正正回去,不用再隐姓埋名了呀。"

"你……你……我们可以一起回去把钱还给他们……"宋富哀求道。

"不!"女人坚定地说,"我不想再过那种畏畏缩缩低人一等的寒酸日子,我要过幸福的日子!"

宋富一边挣扎,一边眼睁睁地看着女人激动不已地将几个行李箱搬了出去。

原载《小说月刊》2017.2,入选长江文艺出版社《2017 年中国小小说精选》

陈淮贵,环工 1986 级,浙江省作家协会会员,现居浙江衢州。在《人民日报》《小说月刊》《杂文月刊》《讽刺与幽默》《青少年文学》等国内外数百家报刊发表诗歌、杂文、小说,作品多次被《杂文选刊》《微型小说选刊》等转载,入选《2017 年中国小小说精选》等多个文集。

陈培军

难言的心

（一）

随便一个谎　圆满的谎
我即踏碎斑马线
到热闹之外的去处
寻你

你等待我
这是很巧合的等待
秋季里花不定开在黄昏早晨
死水不定为何泛荡
你的婚期已为时不远
月做了你的守护人
又做你的伴娘
陪嫁是栀子花还是勿忘我
应该由她选择

我习惯于走熟悉的道路
以习惯的方式点燃香烟

很遥远很遥远地看你
很轻很轻地接近你
你的背影
一明一灭

斜躺于修饰过分的阁子外

晾得发酸
发酸并不是一种最坏的感觉
至少我明白了
正如你说过的

如其心之扉打开了
便永远不能关闭

（二）
早早地醒
黎明之前想想昨天
昨天幸福昨天忧伤
它如何溜掉了
以及你是如何梦里拽住它的

沉默毫无疑问是有限的
上帝郑重地把火和语言交给我们
用简单的东西造复杂的桥
执火把从上面走过
照亮所有的手臂
那些第一次和最后一次挽起的
风景
使我们相互吸引
而成情人

是的，我并不漂亮
也没有合适的地方可以安居
就连同永远忠诚于我的小乐队
单簧管常常感冒
小号缺门牙的小号
还时不时歇斯底里发牢骚

我已经很满足
在很冷的季节在陌生的大西北
我去守夜

去为未归的游子执灯
照亮难眠的母亲的心
去满足地走来走去
念叨着这世界竟如此慷慨
给了我面包　水
思想
现在又送我挚爱我的爱人

便常常有人踏泥而来
没有自己乐队的不能成为情人的
他们中有人自告奋勇和我
一起守夜
有人善意地恐吓我说呵
大西北可不是个温柔的国度
我是在那等待你的
你是夜里走的
肯定会在夜里归来

刊发于《西风》创刊号（1988 年）

关于西安

最好想想南方的小镇
想想这个城市
它们　有什么不同
又有什么相同
想想一个晴天
一个雨夜
究竟　能滚多远
在心的枕木上
想想距离
之对于双眼的含义

多雨之城
一定是多情之城吗
关于远古的误解由来已久了
俑兵俑马
铜车
厚墙
记录死者
碑林复绿吗
威武之师是什么意思
生命又是怎么回事
华清池浮满玄而又玄的题外话

刊发于《西风》第三期（1989年）

陈培军，管理 1986 级

陶醉

冰冷的雕塑

不是全部　你
只是我一段不能遗忘的历史

也许是命运注定的偶然
错误地越过那道栅栏
以朝拜者的虔诚
即便有风雨的早晨和黄昏
企冀抓住你每一个微笑

然而　我
注定有漂泊的命运
注定要沉默如斯
注定走不过春天
注定黑夜里没有星星升起
藉以我火热的情愫
仍不能从你的目光中读出一丝光明

四月没有春天萌芽
四月冰凌仍凝固在长长的睫毛
四月听不到歌声　寂寞如斯

是的　最终有这种结局
不能逃避的错误
因为我
不会摇响叮当的银币

买一束虚伪的鲜花和失重的微笑
来点燃你的沉默　你的目光
用甜蜜的谎言敷衍你
你拒绝我蘸血写成的真情
以我燃烧的真情冰冷于你的目光

四月　仍延长冬的余音

然而　我
没有后悔越过栅栏的冲动
默默地回过头
躲进我的小屋　拿起旧钢笔
把诗写给春天　树和每一位母亲
摸一摸坚挺的胡须
已足以显示我所有的雄性

不是全部　你
只是我一段不能遗忘的历史

　　1989 年 4 月作于西安、1989 年刊发于《西风》第三期、获得 1989 陕西省
"五四"大学生诗歌比赛一等奖。

愿望抑或是岸

英雄们过去的年代
有谁能翻手为云　覆手为雨
我们又时常被引入一种歧途
因水而铸成的错误
迫使那些虔诚的人们相信
对一些来历不明的事物
不能有非分之念
用粮食喂养的朴素的内心
最终要踏入岸土
每天都有事物在死亡
有过许多关于海的传说
潮水退下去了
岸成为裸露的肌肉
你们尽可以闭上眼睛
摸一摸身体上长出来的野草
野草枯而又生　生而又枯　无声无息
日子挨个从脚掌下流走
某种东西接近你
岸是最真实的部分
当你双脚离开地面
设想着以最巧妙的方式接近水
水是一些无形的物质
致命的一击不来自坚硬的石头或者刀
你们必须懂得这些浅显的道理
苦守钟声的响起
你的单纯和固执令人感动
有时我们整日整日地坐着　默默不语
从树上随意飘落下来的树叶
终究让人开始不安
此时　那只手臂
以其一往情深的注视给予一种安慰
等到恬静的波浪再次出现

再走过去就是广大的平原了
我们就在那里定居

1990 年 8 月作于西安
刊发于《西风》第五期（1990 年下）、1991 年刊发于美国《一行》、入选
《你见过大海——当代陕西先锋诗选》。

那时风吹

颂辞

你们的手
从泥土中探出　随后
我看见粮食一再高过我的身体
用石头垒成的房子
粮食让人感到温暖亲近
一种忠实的感觉沿指尖滑过
太阳异常好的日子
天空下那一粒粒金黄饱满的谷穗
发出光和热
渗入我们的皮肤
使我们得以伸直腰板
像人一样的站立
劳动　耕作和收获
然后进入房子
用粮食去喂养孩子
在父亲正午硕大的背影里
孩子们开始茁壮成长

被手触摸过的泥土淳朴敦厚
父亲们能感觉到它的体温
那些纯粹的粮食
正是通过这种方式
流进我们的血液
朴素着我们的内心
整整一日　我默不作声
端坐在粮食地中间
垂手注视粮食成长的全部细节
泥土　这些朴素敦厚的物质
因手的介入
才能使我们漂浮在黄金的阳光里
粮食地又广又大
我们生命的额头
由于粮食的照耀

留下了粮食永恒的阴影
而没有谁不会相信
那些粮食的核中
藏着我们最初和最后的经历

                                    1990 年 8 月作于西安
    刊发于《西风》第五期（1990 年下）、入选《你见过大海——当代陕西先锋
    诗选》。

想起麦子
——给海子

诗人　你为何远离山青水秀的家乡
像从前那样
你的躯体在露水覆盖之下
与成熟的青草相依
你却选择麦地　把脚趾伸进泥土
用一种平和的方式仆倒在麦地中间
进入麦子本身　咀嚼生命的内核
我不与你说话
我把手伸给你却不能救你
夜里多风　飞沙蒙住了月亮
你贫穷的脚　褴褛的衣衫
和坚韧的生命
再也不能回到你初次出发的地方
你的梦境在五月的钟声里陨落
蓝色的影子　令人感动
我看见一群红色的鱼飞过
广大的田野
诗歌的屋顶落成麦地金黄
家园的痛苦　在你眼中
发出三叶草的光芒
那些麦子的表情使我联想到了
人类所经历的苦难　以及
诗歌的疼痛
当目光伸入麦地
你潮湿的内心闪耀太阳的光芒
我知道　你一生所有的力量
正来自麦子成长的苦难
与营造家园的梦想
那些金光闪闪的细节　正使你
失陷于麦地　不能自拔
婴儿啼哭的夜晚
你在千里之外遥望

弟兄们喝着酒　神情忧郁
穿过与麦子有关的日子
我们想起麦子　麦子巨大的光芒照耀
使我们在一种尖锐的气息里
日益失去言辞

刊发于《西风》第五期（1990 年下）

泥土

五月的田野　麦子在静静地开放

茎脉中流出水的液汁和眼泪

最初的阳光　树木和石头

铁质的金属弥漫着

此时的家园　沉寂无语

而流失的人子　在八月村庄外的天空

遥望乡村　苦思冥想

陈旧的诗篇　在迷乱的星空下

片片吹起

九月沉静的家园和泥土

照着他脸上蓄满的泪水

菊花在秋风中凋败

梦想的麦子以及秋天的坟草

使祖先们面容憔悴而平静

怀孕的母亲

坐在麦子的心里

瞻望远处的天光

来自远古的水

以不可变更的姿势静守家园　渗入泥土

有时你想

水渗入泥土也就这么无声无息

除了你

又有谁能用真正的手指

抵达泥土伤痛的内心

刊发于《西风》第六期（1991 年）

海是我故乡

——诗和高大庆仁兄《陶瓷鱼碟》

万物生长
有风掠过水面

我翕动嘴唇呼吸
珍珠的眼睛
看得见我成群结队的同类
纷纷扬扬地从身边游过
我甚至听见了
星星的低语

那一天
你把我捞起
连同海水
放进窑内
经由一千多度的炙烤
等我奋力游过熄灭的窑火
最终
我冷却了的身体和记忆
连同汪洋的梦想
一起停息在这晶莹的瓷碟
成就我此生
最后的姿势和命运

但我会记得大海
记得蓝色的梦
记得你手上的气息
记得你对我的成就

2017 年 8 月 1 日作于珠海

那时风吹

040

织物的颂词（节选）

一

是无明的暗
是空虚的空
是无有的无
是寂静的寂
突然
万物随着你的一个指向
开启
时间延伸
空间扩张
时空交织穿梭

四

随之起伏
如昼如夜、如阴如阳
在交织与错落中完成一种美
辽远而苍茫
在连绵不断中显示壮阔
推动、派生和滋长
轮转不已
永无止境
天地有大美而不言

七

时光晶莹通透
春天的桑叶
饱含汁液
生长的气息
在时光中像酒一样发酵
最终变成血液和丝
供养每一个生命

十一

山川、河流、草地和花朵
以及动物
编织雄浑、秀美、清幽、苍凉的意境
织物与你一样
在静默中包裹世界
观望未来

水木清华
花木水都是春天
是仁爱的天地
是文明如春

十三

我们总是想起
并心生敬意
那些璀璨的织物点亮我们的生活
与栖居在大地上的我们
形影不离
茫茫的永恒夜色
风随它远去
你依然像夜色的眼睛一般
凝视着你我
凝视着灿烂的繁复多姿的世界

十六

命运所有的苦心孤诣
和历史刀光剑影的真相
最终都会被时间隐匿起来

而万物如织
在时间的经线上
死亡的咒语不期而至
每个人或事物的命运
便突然终止

在世间我们获得美好的一切
我们用毕生的劳动和思考
才明白事物伟大的意义
朴素如织物

十九

天地无心
又天然偶成
丝做偏旁的汉字
汗牛充栋
皇帝垂衣裳而天下治
那衣裳应该是丝质的衣裳
一直温暖与文明着我们这个民族

赞美或歌颂
我们其实只懂得丝绸的温软光滑
没有谁比春蚕
懂得桑叶的颜色与温度
懂得缫丝的疼痛
懂得丝绸悲伤的内心
春蚕到死丝方尽

如果春蚕也有记忆
它应该能想起
曾经在河边熙熙攘攘的足迹

如果春蚕也有记忆
它应该能记起
青天下
映出妇女的素颜
蚕低头吃桑叶
蚕吐丝
含辛茹苦、身体力行
吐出清白的良心
别出心裁

二十

雨一定要滴进生命里
桑枝间
春天才能一目了然
元气充沛

吐丝的江南
雨丝的江南
桑家妇女的剪刀
剪出一条丝绸之路

阡陌上的初阳
暖暖地照着
锦绣山河

二十二

蚕
自含天趣
每一只都饱含情感
自由千丝万缕
服饰依时而迭

蚕把沧桑含在眼里
看那太阳初生与女子的美丽

二十三

逆光里
河流中载茧的船只
渗透在视觉与知觉里
世界壮阔无边
广大深微

夜色压下来
沉静似水
吞没了蚕的身体

蚕的脸隐在黑暗中
听得见蚕的窃窃私语

文明烂熟
一个蚕的生死与荣辱
隔着岁月
大地上的事物
埋藏深意
彼此成就

二十四
通过一根细丝
与蚕的身体相连
我们听得见蚕的呼吸

终有一根细润绵密的丝线
带我们跨过时间的深渊
看见蚕
触摸光滑与温暖
繁花似锦

结茧与缫丝的痛苦
最终都使蚕走向生命的成熟与开阔
被所有的时间照亮

蚕作茧自缚
但生命一转身
进入一个更大的空间

二十五
蚕的孤独
如影随形
深入骨髓
蚕的忧伤
是无与伦比的美丽

天高地广
蚕所有的痛苦和忧伤
在炫目的春光下
烟消云散

蚕以血肉之躯
吐出才华锦绣
所有往事风声
千丝万缕的联系
在我们面前徐徐展开

中国人都习惯把故乡称作
桑梓之地

二十七

蓝天如衣
包裹我们生存的这个星球
令地球安宁
如果失去蓝天
地球了无生机
一片死寂

草木如被
覆盖大地
才让河流欢腾奔流
如果草木枯萎
大地成为沙漠

作为织物
穿上衣服
让人类文明相向
人类裸身相见的时刻多在夜晚
也有如衣的夜色呵护

二十八

沿着时光逆行
你攀附每一根光线
竭力抵达宇宙的深处
找寻最初的记忆

与那个遥远的最初相遇
所有浩荡无边的岁月
死亡与重生
得到清晰的印证

每一次死亡
开始新一轮生命
死亡之后
生命重临我们身上

那条时间之河仍在
一代又一代的生命
带着神奇的密码
流淌到我们的面前
以及未来

时光无限舒展
如柔韧的水
血脉相承的族谱
像一株枝丫纵横的大树
清晰如画
死去的先人
就这样在以后的时光里
不断地复活

二十九

天地无亲
但人类对织物的感恩
如同食物

一样的绵绵不绝
再坚实的织物
外部也会与时间一样腐烂
但腐烂之后
织物的灵魂会从内部复苏和觉悟
吸收新鲜的水和空气
透过朝代与人事变迁
再次返回
当有一天我们看见
蚕熟新丝
新衣既成
那么那些被我们爱过
已经带着我们气息的陈旧的事物
如同织物
并不会被轻易地遗忘
仿佛织物生前的样子

2016 年 6 月 14 日
选自个人诗集《织物的颂词》

那时风吹

蚕熟新丝

在黑暗里
你一动不动
整个春天
你吃得很投入
整个城市和乡村
乃至整个世界都在你吃的内容之外

经由上帝的意志
你也不去预想最终的归处
蜷曲在柔软的身体里
安静睡眠
作茧自缚

长夜里
破茧为蝶的勇气
思想的勇气
匪夷所思
在这苟且的现实中
会有谁一直寄望着远方的田野和诗歌

你在桑叶之上孤芳自赏
穿越一个漫长的春天
春蚕到死
在飘落的花瓣中化为灰烬
抛开真知灼见
放弃自己
放下一切芥蒂
你安之若素

夜幕低垂
你望向远方
含泪微笑

你柔软的初心尚存
而我们肉身沉重
与粗鄙的生活和理想
一起附庸风雅
其实
我们从未真的走进你的内心

蚕熟新丝
一缕清风
霓裳羽衣

从悲痛开始
以毁灭结束
每年春天
我固定要为你垂泪一次

2016 年 5 月 25 日
选自个人诗集《织物的颂词》

须知织物也有忧伤的时候

只要是无风的日子
所有的织物
都能够饶有兴致的生活
欣逢热爱的事物
与岩石、草地、牛马
溪流、荒村、菜园
白天和夜晚
耕夫和农妇
皇帝和臣民
和睦相处

织物的血脉与天地相通
织物的体温穿透历史
织物传递内心的语言
以柔顺的姿势和态度
保持与世界温柔地对话

大部分时候
织物干净而且亲切
如拥有不绝如缕的亲情
如果在雨中或水中浸润
织物反而变得坚韧强大
所以经得起时光与力量的考验

而等到人类产生了
普遍的空虚和平庸
草地和花朵变换颜色
鸟变换飞翔的方式
天空频繁地变换明暗
每一块岩石变换姿势
于是织物的忧伤惆怅
也随之而来
络绎不绝

鸿蒙初开的光芒
织物一生的所愿
并非只为了温暖

譬如坐在织物过往的时光里
看风一直吹
朝代也要被吹下来
风流云散

尤其是与历史的走向
背道而驰
织物于是选择逆风而行
如黄昏的旗帜
悲伤成河

许多时候
织物比肉体永恒
纵然织物逐渐褪色、泛白
直至最终必须腐朽
它的气质与精神
依旧会在风中长久的弥散

触摸到历史的尘埃
沿着单纯的经纬或纹路
沿着原始的气韵和脉搏
回到织物粗朴的从前
重新获得纱线交织的快乐

织物的感情深沉细腻
织物忧伤的时候
往往就缩成一团
这就无时不在地启示和提醒我们
去感受织物颤栗的思想

织物夜间发出的光芒

照亮现实
为的是让我们看清纹理与来路

须知织物也有忧伤的时候
因此需要我们
放下身段与偏见
学会与织物贴身相处

2016 年 7 月 5 日
选自个人诗集《织物的颂词》

我不是圣人

被放逐到这个地球已有二十个春秋了。

降世时的第一声啼哭很脆弱，更非一首好诗，虽然其中夹杂着母亲阵痛的喜悦。但我知道自己不是圣人。也许是二十个春秋风风雨雨的生活，给予我一份丧失了幼稚后的成熟，并当年龄从歪歪斜斜的脚步进入初春朦胧的憧憬，也开始安然地做起夏天热烈的梦，且在夜的寂静中敲动不安的灵魂，一种渴望神圣的心便微微震颤，于是，把目光抛向繁美的世界寻觅那散发幽香的芬芳，企盼粉红色的梦境。

也许是酷爱在宁静中思考，并期望从思考中走向成熟，因此常不免冷峻地对待人生。自然太多的冷峻常莫名其妙地被人冠以一种"鲁迅风格"的谑称，我也只好自认"倒霉"。

家乡的青山绿水给予我灵性，但流注于笔端的太多是歪斜的诗行，"我不是诗人"。为安抚寂寞的心田，常不时地闯入缪斯的怀抱。当然，更多的是被推出圣地，放逐到荒芜的田野。然而，偶尔的冲动，迫使自己用心血铸成一些文字，泻进日记本里，成为一片属于自己的宁静的绿地。

我向往神圣，崇尚真诚，在时光的考验中愿意将自己真诚的心解剖给理解我的朋友，我的知己。虽无翻江倒海之奇才，却怀济世天下之雄心，等待着有朝一日用自己的双手为天下黎民擎起遮炎之绿荫，当风起之时，站在浪顶船头。

如今，坚挺的胡须似野草般疯长，森林般覆盖了我童婴白皙的不毛之地。当双脚迈进人生的沙场，瞪大眼睛去洞察纷冗繁杂的人世，开始感觉到世间的艰辛与苦难。我很少幻想，很少幻想。我已懂得怎样在流向与跌倒中穿过荆棘与坎坷，时刻攥紧命运的绳索。我只深信："路是人走出来的。"

那山的雄浑深沉、海的宽广博大，那迎风壁立的劲松和傲霜斗雪的寒梅，屈原的忧骚，渊明的气节，李白的豪放与尼采疯子般的狂妄，是我远处时刻闪耀的火光。

我也喜欢品味黄昏的魅力，吟咏黎明的诗情。我爱我的父母，我爱我的朋友，也会爱我的妻子，我不是圣人……

当行走在大西北苍茫的黄土地，独自一人面对深远的苍穹，不免有一丝惆怅涌向心头，但男子汉是不应该轻易流泪的，所以只好将寂寞深埋心底，傲然地行走于人群之中。

当然，我何曾不希冀在这时孤寂的心灵天空中骤然升起一颗灿烂的星辰，在黄昏的独行中出现第二双手，并真诚地紧握。

我喜欢做梦，在心潮的诗笺上用激情抒写属于自己的如花梦境。并且绿色的梦唤起我的青春，融进我的构思，回响着一种旋律……

我不是圣人！

1988 年作于西安

刊发于《西风》创刊号 1988 年、《大学生》杂志 1989 年 12 月号

别了，《西风》

我亲身经历并且通体浴身了这一切。

这一行行用手写下来的字，以及这些字背后交错起伏的感情痕迹。纺院的四年，学习、生活、诗。

曾经生动而艰难的一切，已抛在我们行程的背后，默默远去了。时间之水流过，已淹没和烫平了过去的颜色，历史再也不会恢复原状。今天，或许有人会说，那只不过是一朵轻轻的浪花而已。四年的起伏，四年的波澜之后，水终于静止在那儿，仿佛又恬静又平和。

1988 年 5 月，在中国西安，高个子的江苏人丁炜神色匆匆地走进我充满霉味的宿舍，要我与他一起搞个文学社。他那种固执和自信没法不让人接受这种冒险的行动。他说：偌大的纺院，泱泱的三千多学子，不能没有一个学生的文学社、文学刊物。

不久，在西安五月偶尔也飘忽的几朵雨云中，我们便奔走如飞地招兵秣马，召开文学社成立大会。我永远忘不了，第一次用怯生生的手敲开院团委的门，是当时的团委书记以真诚的人格和权力给予我们的勇气；我永远忘不了，当初成立大会上，尽管只是稀落的几个文学爱好者给予我们的信心；我们永远忘不了，张乐善院长在《西风》创刊号给予的深情的寄予和厚望……我们不是艺术的使者，也不是上帝的化身，我们永远没有左右大家的力量，我们总以为感动了自己也就感动了上帝，并固执地相信艺术才是拯救人类的上帝。直到后来，我们用幼稚的笔触开始写下了《西风》的第一页，《西风》终于在鼓励和支持、在艰辛和虚弱中蹒跚起步了。

倒回去想，一切都是多么的简洁和明快。当校园文学在高校中萌芽和兴起的时候，总有人会沉浸其中。而文学的力量足以使我们不去留意那些强大而又沉重的惯性思维以及其背后所积淀的传统力量。我们无视着一些世俗化的规则。在同

样的天空下，我们能够走到一起，无非也是为了诗歌和友谊。

退一步讲，我们曾经徜徉在纺院的校园里，曾经行走在中国的文学尤其是诗歌最喧哗最躁动的剧变时代，我们不能不流露我们之所爱之所思。即使它们是一些稚嫩、歪斜的汉字，即使时过境迁，物是人非，它已经减褪了那份闪烁在表面的光泽或是隐藏在深处的隐痛。即使十年、五十年甚至更远一些，回过头看这些汉字，如同天空下那块黯然平淡的布。

看得远一些，纺院的四年，学习、生活、诗。在高校林立的中国，在英雄辈出的年代，还是在自己漫长的一生中，只是一个微不足道的小黑点而已。

然而，当《西风》在陕西高校中稍稍产生一点影响的时候，当《西风》被中国最偏远一角的某位诗友（朋友）手中捧读的时候，《西风》终于像一个经过阵痛之后分娩下来的婴儿，哭出了脆弱的第一声。此时，我们的心还是稍可慰藉的。今天，《西风》已不仅仅是我们几个人，也不仅仅是院团委直属下的一份学生刊物，更多地而且毫不自夸地说，《西风》已是整个纺院的一个小小象征了。

我有必要审视一下，昨天的太阳下站着的那个自己。

我不可能成为诗人，《我不是圣人》。写诗是痛苦的，有些时候也很沮丧，究竟是诗选择了我还是我选择了诗？我无法圆满自己。只知道以诗的真诚来衡量生命的真诚，或者以生命的真诚来造就诗的真诚。而使自己得以在闲暇时涂抹一两个汉字的唯一原因，在诗中我找到了生命的真谛、友谊和爱。

在这里，我由衷地感谢我的那一帮相处四年的室友，每当一大群所谓的诗爱者在宿舍里海阔天空的时候，他们总是悄悄地退居门外（其实他们比我更多的懂得什么叫诗和生活）。我很混蛋，他们曾自谑地说：谁叫我们走在一起……

时间使我们有所庆幸，我们拥有足够的粮食和水，足够的生命去写就一首人生真正意义上的诗，在更高意义上，每一个人都是诗人。我们会有一次一次的选择，我们必定会更细心地推敲斟酌，我们将不断地找到一个又一个光辉的字眼而优美地激动，而平静。

我们以艺术的名义向一切关注过《西风》的人们致敬！

纺院的四年，学习、生活、诗，就要结束。在收割的时候，不管自己是一颗成熟的抑或是青酸的果子，我们终将飘离枝头。

我们要走了，这是一种固定的方式。

被人所遗留下来的东西不一定是完美的。生命无限，艺术无限，我们永远无法企及。对于《西风》，对于烙印在白纸上的那些文字，或许会一文不值。但是毕竟对《西风》我们曾经付出过心血，也不可能没有一丝感情。我们走了之后，《西风》会走向何种命运，夭折抑或更强盛？

外面的世界很大，内心的远方，足以使自己感觉到丰盈满足，其余的，都可以拂袖而去了。

　　有好多人不知道《西风》。

　　有好多人不喜欢《西风》。

1990年12月21日静夜

刊发于《西风》第五期（1990年下）

　　陶醉，浙江绍兴人；棉纺1987级，1988~1990年《西风》主编；1989年获陕西省大学生五四诗歌大赛一等奖；大学期间开始诗歌写作，有诗作刊发在美国《一行》等杂志，入选《中国大学生诗选》、《你见过大海——当代陕西先锋诗选（1978-2008）》等书。走出学校之后，获得过《中国纺织报》、《中国服饰报》等行业报纸征文比赛多种奖项；现为时尚品牌文化专家、产业作家，广东省服饰文化促进会品牌时尚与服饰文化专家委员会专家成员兼秘书长、广东校友会副会长兼珠海分会秘书长。著有《亲历风尚》（中国纺织出版社2015年出版）、诗集《织物的颂词》（中国纺织出版社2016年出版），参与编写《风起沙溪》（羊城晚报出版社2009年出版）等著作。

丁炜

风景
——献给 DH

一片衰叶的黄昏中
梧桐孤独地站着
一丝不挂
下班的人们经过它
习惯地竖起衣领赶路
忽略了这也是风景

暮秋太阳老了
天空像一块洗不干净的破布
铺展着被遗弃的失意
而远处
苍老的城墙颓唐
无言倒在路的尽头

站在梧桐之间
我默默注视它们
萧瑟的秋风中　寒冷
在它的脸部熨上皱纹
叶子弃而离去
乱哄哄在它脚下
模仿蝴蝶
追逐风的风景

风吹乱了我含蓄的头发

使我想起许多事情　许多事情
都与风有关
我想起我的叔叔
他死的时候还很年轻
也像我一样笔直地站在风中

风如戟作响
将一种寒冷的感情
刺入梧桐
一只只拳头野兽般嚎叫
粗暴地抽打流血的伤口
一朵朵鲜艳的火
流淌忧伤的夕阳

面对风
梧桐高傲地站着
在没有英雄的时代
默默耸立
尽管
弯曲
而
倾斜
依然挺直腰杆
等待泥土
把它掩埋

刊发于《西风》第三期（1989 年）

流星

——长歌当哭　不要欣喜我的到来

终于能够在
将明　未明的
那刻　再见你
浸着寒露
守候的倩影

可是　可是我怎么也不能
停下脚步
伴你度过凄清的夜
我只能静静地
像风一样飘过
默默地看着你
立于桥头
守候的倩影
渐小　模糊
在灰蒙的雾中
唉　向你的冲刺
只是顺路
而无法实现的诺言
在无奈的绝望中　焚烧
一去不返的
征途

刊发于《西风》第三期（1989年）

那时风吹

等

红灯
站在十字路口
你不能走

必须等一个人
等他走过去或走过来
在街这头可以看见他的身影
他站在街的那头
缓缓地移动　傲然漠然你的存在
你耐心地等他漫不经心的
步子　经过你的身旁
他手里握着个东西
把玩着走向前方
你不能走
红灯

梧桐树一夜之间苍老了
你感觉寒冷想起风衣转过身
看看回路
男男女女一大群站在背后
等你
走过去
或走过来

刊发于《西风》第三期（1989 年）

海

饮下所有的星星
月亮和闪电
虎斑贝悄无声息地爬出珊瑚
渴望在候鸟飞来的时候
长出水草
水母顺着生锈的铁链捉迷藏
那只年轻的鲨鱼在哪儿
斯坦尼克撞到冰山时
就已经衰老
海沟冰冷的皮肤没有温度
谁又能在墨绿的时间中赢回生命
航空信发出三天了
潮汐依然不止　希望不过是
梦与现实的距离
鱼与语言无关　摇摇晃晃
穿透黑色瞳孔
梦　在烧杯中挤成沉淀

刊发于《西风》第三期（1989 年）

都市

我哆嗦，在巨大的建筑下跨越路口
街上漂着陌生的面孔，像潮讯的鱼
在春天哼着冻僵的音符
向另一端延伸

时间从冰冻纪苏醒
季节颤抖着萌芽
好像终于等到了那一刻
在扭曲的草根孵化历史
这个城市拥有什么
物质的抑或是意识的
它怎么存在
所有这些我都无法回答
但无论如何，我们建筑了城市
习惯地穿越钢筋水泥
不思考也不问津
而过去的村庄逐渐消逝在教科书上

"你要学会走路"
本能带领我蹑手蹑脚绕过文字
穿过鸡尾酒的丛林在古人头上
狠狠一击，让它们缄口无言
当短暂的太阳因为水泥发烧时
一些人头晕目眩，另一些陷入
伸手不见五指的黑暗
那些人在时间之外坠入空洞
很多人夜晚独自哭泣
在阴暗的季节担负一个双重角色
这可能吗？
拥有技术精通交易
熟知生活有如熟知语法
却对自己一无所知
对这个都市一无所知

大着胆子钻进破烂的胡同
把历史从垃圾中拽出
路灯下什么记号在漫延
这个都市让人毛骨悚然

刊发于《西风》第四期（1990 年上）

那时风吹

玲表妹病的日子

那个太阳，它来自海底没有声音的地方
鱼在那里游来游去，从从容容
好像从另一个时间走出，日复一日
做一场惊醒的梦耍弄阳光
直到磨去它最后的锋芒

玲表妹坐在窗前读诗
阳光掀起的每一页都是重复
诗让她感到厌倦，无边无际的感觉
拥挤着摩擦着，向更远的地方发出静电
把每一个笑容挂在窗前零售
现在，插在水中的棒子弯弯曲曲
撑起沉重的意念和越来越强烈的
空虚感，在水面隐隐闪烁
水像平淡的镜子接受生活
但一定有什么是我们不能了解的

天空才会在惊惶的爱情下
降低到海的高度
海不是想象的那么蓝
充满腻味的油污、垃圾和粪便
海就是现在和玲表妹的家

你的脚踏着唾液滑向概念
思想和灵魂的烛光像烟雾一样
悬浮在诡谲的海底，在时间的裂缝中
压出一些气泡
串起空洞向前漂移

刊发于《西风》第四期（1990 年上）

清明，用粗糙的手触摸

我们生下来仿佛就是为了今天

日光之下，置身于人群之中
不知道他们是否也在奔向你
像我一样颤栗着
用粗糙的手触摸
田野的墓地
星星般的白花一夜长了出来
在风温柔的抚摸下
如泣如诉
那些风，我简直无法忍受
我的手在星光的意象下摸索
在死者长眠的碑石上
忍受冬风利爪的鞭笞
可是这一切我都默默地忍受
如同在你跨越生命的瞬间
容忍你这个典当妻儿的醉鬼
在四月的清风中
在根本无法逃避的爱与恨下
焚一串纸钱
尽我命定的责任
像一滴水永远地奔波在河道
又像叶子重复着落向树根

然而我必须考虑如何走向痛苦的现实
在南方的风来到之前
走出高楼阴影下的小屋
冲向街头置身于人群中
我不知道
他们是否也在奔向你
像我一样颤栗着
用粗糙的手触摸
我无所畏惧

因为我还年轻
还什么都不懂
鹰一样的饥饿
在痛苦地期待

刊发于《西风》第四期（1990 年上）

傻树

五年前随家迁回原籍，寄居在师范学校。从外地回来的，一时没有住房，一家人挤在十来平米的小楼上，除去家具便无立身之地。窗前又是密密的杉树，不知趣地把脑袋往屋里伸，占据了窗口，屋子便像一个洞，黑乎乎的，白天也要点灯。

平日放学，我最不爱往那"洞"里钻，逢到阳光明媚，就搬把椅子坐到花园里看老园丁做生活。园里有一棵树，说它是树也不是树，枝枝藤藤地缠着，一年到头只长些叶子，待到秋天早早谢了光秃秃的煞是难看。一次我问老园丁这树占着地方又不开花，不如砍去栽些腊梅什么的，也好冬天有个观赏。老园丁只是摇头，说这可是棵好树呀，听祖上说这种树极为罕见，平日几年不开花，而一开便是极大极鲜艳的，花一谢树便逐渐死去，也许一生开这次花耗尽了心血，所以人们称它"傻树"。书上说有一种鸟立于檐上三年不鸣，而一鸣便是惊人，这是楚庄王和臣子的语言游戏，不当真的，不知世上倒真有这类奇事。

以后搬了家，居到城西去了，再以后考到西安读书，外面的新鲜事见多了，过去的便忘却了，正如猴子掰玉米，掰的多，手中的却还是那么点儿。今年冬天回家，听母亲说学校有棵树一下子开了好多花，大朵大朵的好看极了，省里还派人来录像呢！我恍恍惚惚想起往事，可是傻树吗？第二天骑了车去师范，园里空空，见到园丁问起，老园丁自言自语道：一辈子的心血只是为了一次辉煌，傻呀，真是傻树。傻树开花后便死了，老园丁将它的根挖了扛回家，它的根极好，是根雕的上品。我想起傻树，心中怅然若失便想看看它的根，等老园丁忙完，随他回到屋里，灯下其骨铮铮，犹现眼前。

人又何尝不傻呢，傻又何尝不好呢，我想。

刊发于《西风》第五期（1990年下）

游了一回青龙寺

和朋友去青龙寺。

据说李商隐曾坐着牛车到这里一捋胡子叹道：夕阳无限好，只是近黄昏。我们去时是中午，天阴着脸像跟谁过不去似的，一会儿就下起雨来了。不是黄昏，也没有夕阳，我们终是不知道好在哪里。只在大殿里看见一尊金身大佛和几块后人刻的碑石。这殿是为纪念一个日本的什么和尚而建的，我想李商隐那时是没有这寺的，这里只是陇上，只是黄土，他到这来干什么呢？

魏晋时期有个阮籍，他喜欢到处跑。他有六个好朋友，都是一样的性格，喜欢喝酒，喜欢在竹林里赤身裸体地侃大山。他常常喝醉了酒乱跑，睡在破牛车里到处胡逛，他说："我走到哪死了，就把我埋在哪。"可惜他老不死。一天，路走完了，牛车在荒野里停了下来，他看看四周，竟拍着胸脯号啕大哭起来："路之将尽，吾将谁与！"

可是李商隐是一个稳重的人，他虽然很不高兴，但很少喝醉了酒乱跑。他也许和女朋友吹了，他常常唠唠叨叨地说：相见时难别亦难，东风无力百花残。他是一个大情种，但据考证，他坐破牛车到这时，已是胡子一把的老头了，老头是不应该有年轻漂亮的女朋友的。

那为了什么，为了什么呢？

我正在挖空心思地想寻些理由，寺院的女管理员却不耐烦了，将我们赶出去，"吭"的一声把门关上，在里面加了栓。我对着门大喊："才三点，还没下班呢！"她气乎乎地从窗户扔出一句话："你少管闲事。"

朋友们，我不再管闲事了，我仍然在想李商隐这个老头子，他到这来干什么呢？"那么你到这里干什么呢？"朋友反问了一句。

是呀！我来干什么呢？我没有破牛车，也没有吟出两句"无限好"的诗，不过是闲了随便走走，不过是听说青龙寺很清静，不像大雁塔的喧杂，就这么来了，没有目的，没有理由，那么，我为什么又非要让李商隐有目的呢！点透窗纸，不禁有一种解脱，这时才觉得青龙寺实在是个好地方。没有多少游客，院子里日本人送的樱花树寂寂地生长，没有人要它们开也没有人要它们落，大殿空旷，横生冷清之感，对于久住都市的我们，处处是清新的，放眼是油油的麦田，再远处又可瞧见朦朦胧胧的大雁塔。可以吊古，可以寄情，一切都是自然，落落无为而无所不为，我不禁要感激青龙寺了，平日读老庄，书曰：老庄的精神是中国艺术的精神，却总是不能甚了。今日一瓣花落竟透心觉悟，看那落花杂草，虽是染泥萎缩，却也处处光辉，欢喜不已。万物竟似通了灵性。

自然原是这般的伟大！阿弥陀佛，我的青龙寺。

刊发于《西风》第五期（1990 年下）

长安落叶　渭水西风

一

今年四月的一天，办完事在绍兴诸暨火车站等车返回上海。火车快进站的时候突然听到有人喊了一声我的名字，我扭头从人群中扫过去，大家都忙着在上车，但是有一个人没有动，而是在看着我。我试着喊了一声"玉铭"，他果然有了反应，真的是他，机电 1989 级的小老弟！我们都感觉很神奇，二十七年没见，竟然在旅途中相遇，还认出了对方！上车后我们把座位换到一起，先聊了彼此现在的工作，知道他自己做了公司，开了一个纺织品袜业研究院，和母校一直有科研合作。我们自然聊到了陶醉，聊到陶醉去年回来他们春节一起去绍兴嵊州乡下赏梅的事，也自然而然地聊到了《西风》，聊到毕业时他帮我刻的那枚印章。那枚印章一直在我的书桌抽屉里保存着。我问他这些年还刻章吗？他笑了，毕业后一直忙于生计，没时间刻了。不过现在想捡起来，将来退休了好有个事干。我也笑了，大家一样，我毕业后也没有再走文学的路。分别的时候，他说今年母校要举办建校 40 周年校庆活动，一起回去一趟吧，能见到很多人的。

二

第一次接触现代诗是 1985 年的冬天，哥哥放假回来，带了本《朦胧诗选》。第一次看到北岛、顾城、舒婷的诗，当时的感觉是诗可以这样写呀！觉得很新奇。当时家刚从贵州调回江苏，学业的压力特别大。过年除了年三十那天可以放一天假，其他时间都要不停地刷题做试卷。哥哥假期结束回学校了，我请他把《朦胧诗选》送给了我，做题累了，我就会去看看那些朦胧诗。也许文学的种子就在这个时候埋下了。

1987 年进入纺院，学的是针织工程，但是有一种冲动想自己写诗，也因此结识了隔壁棉纺班的陶醉。不知道怎么写，也不知道写的好不好，我们就去找当时院刊《经纬》投稿。后来随着学长毕业，这个刊物就停了。当时我们年少轻狂，我和陶醉、黄英、许廷平，还有其他几个志同道合的同学一商量，说我们自己办个文学社吧！就这样，《西风》就诞生了。我做社长，管组织活动；陶醉做主编，产品 1987 级黄英做副主编，纺机 1989 级严海蓉做责任编辑，负责编辑刊物；封面题字由管理 1987 级楼斌负责，封面设计由服装 1987 级李福明和服装 1988 级苏明亮负责。也是 1989 年，陶醉的《冰冷的雕塑》获得了陕西省大学生五四诗歌大赛一等奖。

《西风》得名于"长安落叶，渭水西风"。在筹集到稿件准备第一期出版时，我们找到了社科部的张志春老师帮我们审稿。张老师看了刊物的名字后说：名字起得好啊！他聊起了雪莱的《西风颂》，谈到了里面最有名的诗句：如果冬天来了，春天还会远吗？对于《西风》能有这第二层含义，我们内心还是有点小狂喜的。除了社科部的张志春老师，《西风》还得到著名诗人、评论家沈奇老师、青年诗人伊沙的支持。当时沈奇老师在西安一所大学工作，离我们学校不远。我们一些文艺青年常常到沈老师家里聚会，沈师母为人和蔼，常常留我们在家里吃饭。伊沙当时刚从北师大中文系毕业，分配到西安一所大学做校刊编辑，他在北师大读书时和中岛成立了全国高校文学联合会。

《西风》成立后很活跃，基本上承包了学校的文学活动，除了出版刊物，还请知名的作家、诗人来做讲座，举办文学交流会和比赛。这在一个以纺织为主的工科院校也算是一股奇风吧。

当时社会上的气氛还没有现在的开放，朦胧诗常常受到主流思想批判。院团委书记孟兆红老师思想解放，勇于创新。他在院团委体系下组建了社团部，针织1987级吕卫宏出任社团部长。除《西风》文学社外，同时成立的还有影评协会、摄影协会、音乐协会、书法协会。当时1987级算是出尽风头，囊括了所有协会的主要角色。在院团委和社团部的带领下，学校的文化生活一瞬间真是百花齐放，生机盎然。现在想来，也是初生牛犊不怕虎。

当时很多学校的文学社是没有经费的，《西风》却得到学校团委的固定经费支持。那时还没有电脑，出版刊物一般是手抄，或自己刻蜡纸油印。《西风》有费用支持，可以去学校的出版社用打字机打印，再由印刷厂印出来装订成册。这在当时是极其奢侈的事，引来无数其他院校文学社的羡慕。当时也有其他院校的同学把诗写好寄过来，让自己的诗能在《西风》上发表出来。我们每一期出版后全校每个班级提供两本，但总是有同学会直接过来索要。前天陶醉告诉我楼斌有一个高中同学，他当时在上海读大学，也爱好文学，我们每出一期都寄一本给他。没想到快三十年了，他至今保留着全部的《西风》，真是让我们感动。

和《西风》有交集的两个文学社需要提一下，一个团体是《十七天》，是西安十多个高校跨院校成立的诗社，成立的当天正好是17日，所以诗社命名为"十七天"。《十七天》也有集结出版过刊物，还组织跨校际间的诗歌沙龙等交流活动。1989年海子卧轨的消息传来，我们举办了一个活动纪念他。我们没有见过海子，只是读过他的诗，模仿过他在写诗。他走了，我们很难过。现在他的诗句"面朝大海，春暖花开"被很多房地产楼盘引用，海子也逐渐为诗歌圈外的人所知。另一个团体是《泰阿》，是基于西安八十三中1987届毕业的一群在西安读书的人成立的诗社，主要是交大、陕师大、西北大学、西安外院、基础大学和纺院的学生和子弟。

三

我毕业后分配到苏州的一家国有针织厂工作。第一年的实习工资很低，吃饭都不够。曾经有一年在北京见过楼斌。当时纺织部还没改制，他在纺织部下属的一家贸易公司做进出口。他谈到他刚到北京时想去上一个培训班，但是钱不够，他就去找报名的老师谈心，一趟一趟去，说自己如何如何想学习，有没有可能钱以后补上。后来老师感动了，给他打了特别大的折扣，几乎没要钱。他住在城郊，去上课要走30多里地，他没有缺过一次课。那个时候我们都初入社会，生活条件虽很艰苦，但是有理想，有朝气。

当时哥哥分配在无锡的一家工厂，我们两三周见一次。我们约定我专门看哲学书，他专门看经济学的书，我们见面时就相互讲给对方听，这样一个人的时间可以学到两个人的知识。这时候，我一边在车间干活，一边在复习功课，准备报考比较文学的研究生，也常常写些文章发表在工厂的刊物上。

人生有时候是难以规划的。准备了三年，最后报考时我调整方向去读了商科，毕业后转行去外企做了财务。外企的工作节奏非常快，每天不停地开会、流程改善、数据分析，曾经的文学梦就这么渐行渐远了。我常常和家人笑称，此处是肉身安居地，灵魂在彼岸，诗在远方。我也和读大学的儿子聊天，劝他有时间可以尝试着去写写诗，写诗会让你发现人生看问题可以有不一样的角度。

母校今年是建校40周年纪念。回首30年前的青葱岁月，感谢母校给予我们的舞台和历练。那时虽很稚嫩却勇敢无畏，有不完美却不碍青春之歌！写这篇文章时，总会想起三毛的一首小诗：

记得当时年纪小，你爱谈天我爱笑。

有一回并肩坐在桃树下，风在树梢鸟在叫，

不知怎么睡着了，梦里花落知多少！

就用它结尾吧，所有过往，皆为序章！

2018 年 6 月 3 日

丁炜，针织 1987 级，江苏苏州人；1988~1990 年《西风》文学社社长，现任红星美凯龙发展中心总经理。

那时风吹

黄英

给你

你把忧郁留在树枝上
心因此温柔、美丽
夕阳下
你走过自然，走过生命线
苍白于是变成了许多动人的故事

多雨的季节
你编织紫色的幽梦
用凄迷的心苦涩的回忆
烛光下
你流泪的眼睛
数窗前的星星流逝

某一个深秋
某一个黄昏
你温馨的手拾起一片心形枫叶
这年冬天的寒夜
你不再孤寂

刊发于《西风》第四期（1990年上）

致景晓丽

你走了
没有跟我道一声别
就这么不声不响地走了
你走了
还没来得及告诉我
你读的最后一篇小说
你看的最后一部影片
就头也不回地走了
我还以为
我们会在加拿大一起
看秋天里灿烂绚丽的枫叶
观气势磅礴尼亚加拉大瀑布
你怎么就独自一人走了呢？
为什么你还保留着我专业英语课本
看我写的密密麻麻的笔记？
难道人生就这么短暂
说结束就这么结束了吗？
我仿佛
在成都锦里看到了你的身影
在宽窄巷子里听见了你的笑声
晓丽，你没有走远
你就在我们身边
人走了
还会有来世吗？
如有来世
我们还做同桌

作于 2008 年

注：景晓丽，产品设计（现纺织品设计）1987级，原《西风》文学社常委，
2008年英年早逝。

那时风吹

074

明天是什么

　　——以后的日子是一道道谜，明天是什么
　　等到窥破谜底时，日子已无声地离我而去

　　我把眼睛闭上，文字便如水一般流淌，我不敢睁眼，一睁眼，美妙的文字便会消逝，所以我只能闭着眼写这些文字。

　　我不知怎么的心情很坏，我手里拿着一把蜡烛（这里熄灯以后用的），在夜里蝙行，天空中有许多美丽的星星，我不时地举头望着它们。

　　我走着，望着星星，说不清是什么感受，只觉得天空深邃地在我头顶上很大很远；我走着，拖鞋的踢踏声清清楚楚地在夜里响起；我走着，仿佛周遭的一切不复存在，而我和那星星一样远远地望着什么。

　　我记得，今天我很早起床，并且洗了一大堆衣裳，太阳很好，我和阿文在操场打了一会球，便累得好疲。

　　坐在床上慢慢地织着毛衣和川说起了好些事情，关于她的一个同学，那个14岁被亲生父亲毁了童贞的女孩，我说不出什么，我说不出一个字，难道这是命吗？（孩子没有选择父母的权利）上帝是公正的话，为什么有些人……

　　我不知道是不是爱你，我真的不知道是不是爱你，我害怕，真害怕这只是场游戏。爱就像一阵风，一场雨似地飘来，飘来。我拒绝不了，我也没有办法拒绝。

　　就让风轻轻地吹起，就让雨细细地落下。风后雨后的日子谁也不知道是什么，我不去想它，想这个令人头痛的问题。

　　你抱我，吻我的时候，我脑子里一片空白，听不见你的只言片语，也看不见什么（脆柔柔若丝地笑着周遭的一切），这便是幸福吗？被爱着和爱着便是幸福吗？

　　你说，是的。

　　那么，明天是什么？

　　生命很残酷，总要刺痛找的心。

　　一切都应该结束了，画上一个句号，对于昨天发生的事情，让它去吧，时间是一副很好的药剂，日子久了，便什么都淡漠了。

　　我依然是我，那个秀气、安详的女孩子，有着纯真的情感，我笑我哭是我自己的事情，还有好多事情要做，不能因此枉费了青春。

　　我是我自己的，我应该平平淡淡，从从容容。

　　你那些苦痛，那些忧伤，那些莫名其妙的烦躁都是没有必要的，该来的总会来，该去的也会随风而逝，为什么要等待，为什么要追求永恒呢？

今天便是今天，只有今天才是真实，明天是什么，谁也无法预料。今天很高兴，于是天天很高兴，不是吗？

好好爱自己，好好珍惜自己。

每星期都爱看学校的录像，并且受益不浅。忽然明白，人活着，就该面对现实，敢爱敢恨，（一个同学说黛玉在那个时代都敢爱敢恨，我们在今天就没有勇气吗？）并且努力使自己生活得快乐。

春天来了，大家都想着出去游玩，我却没有一点兴致，那些花，那些草，那些树叶和流水，其实都是一样的，那便是自然。那些古迹，那些文物，那些墓碑和遗物，其实也是一样的呀，那便是历史。游山玩水，便是与自然交谈，与历史交心，并且感受其中的情趣和舒心。

我还是愿意坐在草地上，有暖暖的阳光抹过心际，做着手中的活，看一个陌生或相识的面孔在眼前晃过，阿文柔柔又感情的读书声飘过耳际，落在心上。很美好的日子呀，我感到惬意。

寝室前的草坪边新置了两盏路灯，亮亮的，很清楚地能看清东西。就要熄灯了，可肚子饱得不想入睡，于是想起去草坪上继续操缝裙子。

我们唱着歌，那首刚刚学会的却不再属于我们的"十九岁的年龄"，幽幽地在月色里飘荡，熟悉和陌生的人们在眼前淡漠，在这个时候，所有的忧伤，所有的哀怨也随歌声消寂，而我的心境，我手中的一针一线，也静静地如苍穹中的一弯钩月。

我听见一个熟悉的声音喊我的名字，原来是阿培，他在我们对面坐下，问我不关疼痛的话语，自从分手以后，今晚是我们第一次交谈，他还是那样子，很随便，很野，又很横，却不失温情。

我心里有一种说不出的惊喜与伤悲，爱真是一件让人痛苦的事情，多少日子以后，突然从心里涌起，一切都变得清晰，变得模糊。

爱又不能爱，爱又不可以爱。

这是怎样地揪心断肠的情感？

仿佛是在梦中，不是真实，关于人和事，心与天。

你做出一副什么也不在乎的样子，是真的在心里什么也不在乎吗？

走的时候，你说上你那儿玩，就好像一切刚刚开始。记得，记得去年这个时候，你也是这么，这么对我说的。只是往日的我如一张白纸。

记忆随风而去，我不会再有，还会再有吗？

刊发于《西风》第四期（1990 年上）

那时风吹

苍凉的手势

我用清清的文字
写一些人　一些车
有风飘过
有树叶落下
怎样的一个黄昏

青春就这么一天天流逝，可我没有看见如水的年华在月色中流淌，这是怎么一回事？

窗外下着霏霏的细雨，雨水冲洗过的世界干干净净的。

朦胧的灯光，缠绵又伤感的舞池，还有迷离的双眸，心又怎样？情又怎样？我知道这不是真的，这不会是真的，只不过像王杰唱的那样：一场游戏一场梦而已。但是，但是多愁的心，怎么也拒绝不了那份飘忽的情感，像一个夜游的魂找不着静静的坟墓。去隐藏那颗不安的心灵。

上苍就是这么捉弄着世人，在一样萧瑟的夜晚，一样错误的戏里演，只是昨日的戏子扮演今日不同的角色。

这是怎样的人世，欢乐和痛苦莫名乍现的人生！

很想大大地睡一场，疲惫的心再也承受不住什么，醒来时，面对一个陌生的世界，陌生的人和事，树叶绿绿的，天空透明的，那该多好呀！

不是在梦里沉醉，不是在梦里见到你真实的面容。

我不认识你们
那只是很久以前的故事
像发黄的日历看不清岁月的冷漠
"——一个美丽而苍凉的手势"

人在苦难中长大，一个人太幸运了是一种不幸。那么，太不幸了是否是一种幸运呢？

其实不要把什么都想得太好太美，也就无所谓失意，无所谓痛苦，像树一样静静地活着，像风一样潇洒地活着，把什么都看得淡淡的，如花自零水自流，世间原来也存在着一种安宁！

日子像流水般过得很快很急，心里淡泊得没有一点忧伤，本来就是这样的呀，越理越乱，越愁越悲。

慕容有一篇《中年的心情》——

"再也不像年青匆匆地走遍每一个展厅，看遍每一幅画，此时的我，只是静静地站在画廊一隅，细细地看一朵出水的荷，或许在另一个展厅，或许就在一墙之隔，还有许多美丽的画……"

是这样的呀，为什么要错过已爱的一幅？

读三毛的"梦里花落知多少"，一下子轻松了好些，"人生本是一场又一场游戏"，"简简单单地做一个单纯的人"，原来有些事太认真了，反倒成了一种痛苦。

看见别人写了一大叠札记，心里很是嫉妒。可一想，自己写不出来，也是没有办法，要是嫉妒，曹雪芹的《红楼梦》，夏绿蒂的《简爱》，还有三毛、慕容……这么多人写的这么多书，你不嫉妒死，才怪呢。

莫名的烦恼与热情莫名地远去，生活原来就是这样平淡，波折，波折又平淡。

平淡的日子，我们学会了忍受痛苦，真实地直面惨淡的现实，学会在孤独中体会人生，在寂寞中寻求乐趣。

不知道来到这世上是为了什么，不知道活着能做些什么，有些事情你想它，死劲想它，也不会到来，有些事件你不去想，一点也不想它，它就这么来了，那么，那些花开花落，那些悲欢离聚，原来就是冥冥之中安排好了的，你只是一个美丽的戏子，演着情愿不情愿的角色。

写过一首诗，就是在那个有风飘过，有树叶落下的那个美丽黄昏，叫"陌生故事"。

很多年以后
陌生的故事重演
我不看云
却看天、看云、看那棵树

我知道
你只是一个路人
坐坐，聊聊或亲热一番
便会离我而去

所以我不说话
我不说话
不是我没有感受
而是我感受得太多　太多

1990年3月7日晚
刊发于《西风》第五期（1990年下）

纺院琐事

一、小池塘的大鱼，大池塘的小鱼？

我在苏州上的高中，以515的分数被西北纺院录取，和我们班当时有将近一半同学进了北大清华，复旦交大比，我在我们班算是差的。并且来到千里之遥的西安，那时坐火车一天一夜，当火车缓缓驶出郑州之后，进入眼帘的是光秃秃的一片又一片荒山野岭，我的心顿时凉了半截，难道我的青春将在这鸟都不拉屎的地方度过？还好到了西安我马上感受到古城的繁华和历史文化的浓厚，让我慢慢喜欢上了这座城。

凭着高中时的底子，头两年基础课并没有什么压力，挣脱了高考的束缚反倒不知该做些什么？青春时的迷惑、无知、莫名的忧伤，对前途的不知所措，或对异性的朦胧恍惚，脑子里老有一种声音在和自己对话，会不自觉地转入文字，有一搭没一搭地记录下来。听说学校有文学刊物，而且是1984级老乡主办的，就把平时的感受编辑一下试着投稿，还真被登在刊物上了！第一次看到自己写的文章变成了印刷铅字还是有点小激动的，多写了几篇后，也有了一些粉丝，怀抱着书本穿越美丽校园的时候，可以瞥见异性注视的目光和同性羡慕的表情。自我感觉还是有一些优越感的。一直记得出校门多年后上过北京外国语学院的英语补习班口语老师考试时候问我的一道题"Do you prefer to be a big fish in a little pond or a little fish in a big pond？ Why？""你愿意做小池塘里的一条大鱼还是大池塘里的小鱼？为什么？"我不记得当时的回答了。现在想想我在高中时是大池塘中的小鱼在大学时是小池塘里的大鱼，这种角色在之后工作生活中也转换过。

二、华山

趁着大学期间的空余时间也会游山玩水一番，记忆深的是学校停课，我和同宿舍的文同学、交大的高中同学张某及张某舍友从晚上开始爬华山。华山素来以险著称，晚上爬根本看不到脚底下的险情，只是跟着前面的游人一步一步往上爬，头顶上是漆黑的夜空和满天繁星，我们还一路高喊着口号，口号声在山谷里回荡，感觉特爽。为了早上看日出我们早早醒了，等待日出，清晨山上出奇的冷，交大的男生还很哥们，把租的军大衣让给了我俩女生，自己站在冷风中瑟瑟发抖。最艰难的数下山的路，白天下山才感觉华山的险恶！不觉纳闷昨晚自己是怎么爬上山的？就是下了山还有一段三四个小时的山路，当时头顶着丽日骄阳，太阳晒得头晕脚重，走着看不到尽头的路，以为回不去了呢！那个时刻第一次深深体会到坚持是多么重要，就是因为坚持我们胜利地回到了车站。以后每每感到绝望，没有希望的时候我回想起我们爬华山的体验，再坚持一下，再往前迈一步就离目的地近一些。

三、兵马俑

对兵马俑的印象也颇深！记得我们去的时候兵马俑前的路还是乡村泥路，没有过多修饰，特佩服周围的小贩操着流利的英文和老外讨价还价，我一个大学生也没有本事和老外用英文自如交流，惭愧！每个兵马俑的表情，神色不一，而且一排排前后左右直挺挺的站立着，非常壮观、震撼！感叹两千多年前的工匠艺人是多么聪明高超，据说兵马俑挖出来的时候还是五彩神色的，曝光之后色彩才消失。多年之后在悉尼州立艺术馆再次看到兵马俑真迹展，而且是近距离的接触，怦然心动！异国他乡二十多年后和我在纺院学习之间有关联的兵马俑出现在眼前时往事一再被勾起，非常自豪地和朋友爱人说我当年就是在兵马俑的故乡读书的！

四、没有互联网、微信的时代

我们上学那时候没有网络、没有手机、微信和 E-mail。通信主要靠书信往来，每天中午吃完饭，班里负责信箱的同学会把各自的信送到宿舍，信有家书，高中还保持联系的同学来信，爱慕同学的情书等。我高中时曾暗恋过同班的一个帅哥（当时他很讨女生喜欢，有一低年级的女生因为被拒绝喝药自杀未遂，在学校里闹得沸沸扬扬），在上海一所大学读书，不频繁的也能收到他的来信，信中不痛不痒地问候下学习生活和提及他自己的状况，我能感觉到他知道我喜欢他但他不接受也不反对，因为每次写信都是他主动写，我回。这样不痛不痒两年后不再有联系。有趣的是自从有了微信我们有了高中群，五六年前的一天他突然冒出我们群，晒了一张自拍照，把我们班同学懵爆了！当年那么帅的小鲜肉怎么在 30 年后变成又胖又秃的大叔？不禁有同学感慨"岁月是把杀猪刀呵！"我也暗暗问自己"如果早知今天当初，还会暗恋他吗？"岁月这把刀不仅杀得了容颜也杀得了心！

家书也不常有，两月一封，主要是汇生活费和家里的一些琐事。情书也收到过，重要的一封至今记忆犹新，我大三时的一个午后，阳光慵懒的透过玻璃窗，照在我正在洗衣的盆里和身上，时光很慢，心无所念，某同学兴奋地递给我一封信，她再三叮嘱要把信封上的那张漂亮邮票给她，她集邮，看来写信人是花了一番心思的，这么漂亮的邮票不常见！也就是从这封信开始了我长达 10 年的恋爱，最终以追求、目标不同分手。也有情书是在图书馆学习时对面的男生悄悄递给我的，其他系的男生，并不相识也许是一粉丝？他在信里说他和同宿舍的同学打赌，如果他能和我一起在学校操场走一圈他就赢，还有他父母就是在大学期间相识相爱的，他希望他和我也可以像他父母一样，为了他的面子我俩在学校操场勉强走了一圈，走完之后我就义无反顾地回绝了他！对他根本都不了解就草率决定，现在想来有些绝情，对不起这位记不得名字的男生！

五、青春有悔

在大学最后一学期发生了一件我至今都不能原谅我自己的事！我们在学校的时候对性知识还是比较贫乏的，互联网也没有开始，影视文学媒体对性知识的传播也比较保守含糊，父母从没有跟我提过性，学校也没有正当的性教育，比如怎样保护自己不受伤害和性安全等，作为当时的大学生许多同学都是性盲。记得我毕业分配到苏州染织厂，住在厂里的宿舍，同宿舍的女大学生跟我聊天的时候说笑，说她和她男友在学校第一次发生关系时，俩人琢磨了半天也分不清应该进前门还是后门，我俩为此笑了一整晚！分不清前门后门还是小事，由于我的疏忽与无知，我没来例假几个月了才意识到事情的严重性，当时我们正在毕业前夕，做毕业前的体检，我心里无比恐慌，如果体检 X 光和超声波看出症状怎么办？当时这种情况在学校是会被开除的，那我四年的努力和父母的期望都将付之东流了吗？还好体检无事，之后去了附近一家医院用假名做了手术。这事件对我的影响太深，像阴魂不散，纠缠不清，每每想起 I felt I was a murder！ killed an unborn baby！我觉得自己是一个杀手，杀了未出世的孩子！我至今还在忏悔。

六、如果

如果我还能回到学校重新开始四年的大学生活，我会用在宿舍织毛衣闲聊的时间读完四大名著，不要等到 40 多岁了才开始读，我要用发呆、闲逛的时间学一两门外语，利用寒暑假去趟敦煌，走趟丝绸之路，甚至去趟西藏、西双版纳。不要因为今天吃米饭而多吃几碗，吃馒头而少吃一些，就是馒头也可细细嚼出面粉的微甜味。如果能回到从前，我会认真学习专业课，我会每天早起去操场跑几圈开始新的一天，我会努力上好游泳课，不要到了三四十岁还在游泳上挣扎，我会练习网球，不要到了 40 岁还在为发球纠结，我会参加多个校园组织，锻炼自己与人交往的能力，如果还可以回到从前，我会踏踏实实地跟服装设计班的师哥学画画，而不是画没学，转换成谈恋爱，我会结交一些志同道合的同学而不是封闭在自己的小圈子里。

如果……那现在的我是否会不一样？

七、后记

我看了你（编者注：指陶醉）转给我许廷平同学的诗歌和散文，自感惭愧！相比之下我那文章就是小学生水平。就到此结束吧，不要丢人现眼，昨晚我在想为什么你们都说我西风时候写过诗？我大学其他同学也这样夸过我，可我真的记不得我写过什么了？不得不承认自己语文水平的退化！我来澳洲有十几年没写过中文，自从有了微信才开始慢慢写中文，那也不能成为借口，只能承认自己水平有限，现在在微信朋友圈看见我们班随便一个同学写的文章都让我惊讶！怎么写的这么好？我和文学的缘分也就这么些，过了就捡不起了，就让我存在在你们的记忆中吧……现在的我对于文学就像一张白纸，为了生存早已把它遗忘！世俗吧……我考虑了一晚，把我写的删了吧！不试不知道，一试才知道自己和你们文人的差距不是一丁半点，而是星星和宇宙的区别。

　　谢谢你对我过去的认可，我决定退出西风再刊这件事，祝你们办刊顺利成功！事成之后，可以的话发给我拜读，向你们文学前辈学习，我只能仰视你们！

2018 年 6 月 2 日作于悉尼

　　黄英，江苏苏州人；产品设计（现纺织品设计）1987 级，1988~1990 年《西风》副主编，笔名依侬。1999 年底移居澳洲悉尼，现在悉尼 RAG 集团 TAROCASH 男装品牌生产部工作。

那时风吹

许廷平

套马索

汗血马的蹄音摇响远山的脚跟……

那一队牧马的哈萨克男女
以长长的柳鞭
甩响一声声牧人的宣言
去喝退西北风的粗犷
天山雪养育的良马
不驯服肆意奔突于牧人的视野
却被套马索圈回一个"的的得得"的重复

永久的驰骋　起于沉重的积蓄
套马索
对于牧人来说
永远是孤傲的象征
而对汗血马来说　套马索
却是一具早该砸烂的枷锁

有时英雄往往
诞生于人们的某种错觉
放牧的西北人获得骑士勋章的同时
汗血马也就失去马的自由……

刊发于《西风》创刊号（1988 年）

诞生于西部的树种

头顶西天的灵犀
脚踩西部敏感的荒野
不知何时　就开始这样
占据一个向上的位置

岁月的年轮　年轻的树叶
默无声息的陈述着
最初探首于这荒野之城的印记
野胡杨林于黑黝黝的沃土
摇曳着苍翠的树冠
伸出一支支拓边者遒劲的诗臂
一片片树叶
以纹络清晰的手
摊开一页页赶走荒芜的勒令

总是开进大荒
便不再回头
总是被放逐在漠野
便再也不会感到悲戚
是狂热西部无愧的决断么
是根植荒野忠贞的伴侣么
有了这销魂的爱
西部
怎能再裸露出枯竭的悲凉

经过烈日的淬火
西部树似一道道冰冷的青锋
背影
被拉得很长很长
以一个暗喻一个启示
斩断古往今来

刊发于《西风》创刊号（1988 年）

那时风吹

大漠人生

整整地　早到了一个世纪
心灵的感觉发出质疑
是谁最先烙下第一双春天的足迹
是谁最先播下第一粒干涸的种子
是谁最先撒下第一句嫩绿的盟誓

揭开朦胧的面纱
问大地的公主
问边塞的女儿
她们会告诉你春天的故事

世界颤动着
颤动着多彩多梦多思的情调
西部天际蓝莹莹的空海
悠悠泛动浓郁的诗意
哦　难得的一场西部雨
润泽西部春天绿色的风
看漠空
正痛快淋漓地倾吐久久郁积的苦闷

一行突进春天的鹰阵
展开了西天的气质　和友谊的竞争
一群饮惯昆仑雪的男子
一群把人生维系在井架上
没有一点遗憾没有一点缺陷的男子
叩醒了荒野的心扉
扑进她纯洁的心地

踏着一路骆驼草萌生的清香
一群边塞青年男女
让一行年轻健美的诗步
溶进蕴积着云雨的远方
溶进迷醉的野性黑土地的春季

在如画的春海里
进取漫远的大漠人生
染血的黄色沙海长出了黝黑的采油树
请你吹响春天的号角
去搏取黑石油公主的爱情

刊发于《西风》第三期（1989 年）

那时风吹

双峰驼

漠风哭泣　残泪悲摧
哀缅万物的湮没
广袤赤贫的漠乡
拓下串串被扭曲的轨迹
一声声深沉的足音
击碎了嚣张于沙海的风波

总是狂热着历史的地平
数不清多少次期待多少次绝境
一次次进入绿洲的梦
一次次又面对大漠风的放纵
无羁地展拓出
一条哲理般不朽的长龙

两百只双峰驼
一百九十九座驼峰锁住了飓风的残害
驼队回旋于期待和绝境
用高傲的双峰
铺就一条播火者的栈道

刊发于《西风》第五期（1990 年下）

慢时光里的奎依巴格

多么宁静而恬然
慢时光里的奎依巴格

许多人抵达这里
用尽了一生一世
许多人离开这里
留下了一生一世

在慢时光的岁月里
奎依巴格寄出一张温暖的邮票
带给你幸福而久远的感动

也许会有一天
我会带着遗憾离开这里
也许会有一天
我仍会继续在这里坚守

陪着你开采的
石油与月光
陪着你亲自栽种的
白杨树与沙枣木
走完陌生而细致的梦想

向南的戈壁

你把记忆埋藏在戈壁的深处
用风沙去爱
用骨头去恨

为什么，你的生命
总是伴随着荒凉
一次次经历凛冽
又一次次被时光的背影唤醒

多少年过去了
你还在这里刻骨铭心地等待
犹如等待一场被遗忘的爱
释放所有内心的隐秘

为什么，面对伴随你
走过一生一世的戈壁
面对你恨爱交加的戈壁
你的心
却是这么地熟视无睹

像一棵卑微的戈壁草
被雨水打湿前
发出渺小的喊声

一块戈壁，又一块戈壁
在你的视野中
清澈地向南退去
再也不会回来

你把记忆埋藏在戈壁的深处
用风沙去爱
用骨头去恨

瘦弱的雨滴

这个夏天其实很温顺
只要你在一个雨天
深入她的深渊

雨水落入疏松的草地
雨朵们都不很丰满
但大地还是抱紧了她们
她们正在一朵朵地长大
她们还不是成熟的雨滴

这迟到的雨滴
落在大西北
并没有绝望
她在敲打更加绝望的尘沙

我不知道：我能否迎着这瘦弱的雨滴
在大西北的山坡上
久久站立，生根

雨滴，我以庄严的夏天的名义起誓：
我也是你其中的一滴
我将踏着你的脚印
浇完你未浇完的地

一生的大地

今夜，大地将所有的爱埋进土壤
我发现，春天的门是开着的
大地上所有的黑夜是相通的
通往目的地圣殿
在四季也是开启的

今夜，良心、伤痛、理想
在寻找着没有回报的诺言
而我，将要背负着沉重的嘱托
以土壤的名义
在平静的一生中
走完一个陌生而细致的梦

土壤，我是一个平凡而困顿的人
我可以倒下很多次
但不能在你的怀抱中
躺下一生

从奎依巴格到梦幻长安
——致回忆中的《西风》

一

从你的回忆中路过 ／ 就在这一瞬间才发现
原来最好的时光 ／ 就驻留在那颗夜空中守望的星星

从你的回忆中路过 ／ 生命里有多少经历
原来是可以平凡的 ／ 但是不可以平庸

从你的回忆中路过 ／ 望尽春去秋来
可以不用去想念 ／ 但是不可以无梦

二

回忆中的那年，在秋天的树根上，我来到了长安，来到了西纺求学。长安，这座梦幻般的城市，总是送走了一场雨，又迎来了一场雨。我就是在这样的一个瞬间，带着塔里木西南边缘的尘沙，辗转来到了"雨都"。

对于雨，我是情有独钟的，雨之涯、雨之亭、乃至于苦之雨，在这样一个季节里，对于一个远在塔克拉玛干对沙漠熟视无睹的人来说，都会被当作一种美好的情节。每每遇到的"雨都"女子，就像秋雨一样，柔柔地在花街上撑着布伞，当雨滴散尽，她们的面孔，就会像花瓣一样打开。

在雨中往返，是难免的常事，而我每每忘记带伞，或从来就没有想到过要带一把伞，于是我常常被雨水浇湿，这座北方的都市，也被我叫作"雨都"了。

在这里，往事就像一片片落英，洗尽铅华。我想起了往事中的一些人，长安的沈奇、伊沙、丁当老师，分别的诗友陶醉、丁炜、方兴东、朱廷玉、黄英、陈宏、刘志武、逸子，同窗校友王新建、马兆祥、刘仁祥、彭伟、晏芳，这些昔日充满生机的脸庞，在我远离时会依稀浮现。我偶然记起志武在挥别时与我说的一番话："我知道明日散发弄扁舟是什么意思，从前有一个南下百越，北上天山的梦，现如今劳燕西东，揣着一卷诗稿，大江南北闯荡，方觉廷平乃魂牵梦萦的主人公是也"。

相遇、相识、相处、相知、相别，是一种缘分，也是友谊的全部过程，西北纺织学院《西风》文学社，是我文学的启航，留下了许多难忘的经历。此时此刻，我又能说些什么呢，心中除了依恋还是依恋，我知道我们无法抗拒命运，唯有坚毅地行走在时光的隧道里！

我是一个充满怀旧和感情丰富的人，我很抑制，但不平静，构思了我的这篇回忆。很多年前我曾写下过如此的自题小记：生于一个雪花飘拂的冬季，冷俊，外柔内刚，有韧性，喜欢宁静和雨，也许会为朋友而伤感，写诗是为了告别昨天，怀念经历，由于"情怀"，我才得以感悟生活，我认为诗歌是一种心态的对话，形象化的感情寄托，通过多层次、立体的、富有画意的语境来思维，打捞生命深处最珍贵的记忆。把"感觉、意象、哲理"，来作为自己对现代探索诗创作痕迹的捕捉。最大的优点：凭直觉可以取得成功。最大的弱点：幻想太丰富。总有许多往事，常常不期而至，它们让我感动，因为感动而写作，使我深深地体验到：诗，是真情流露，有意中的无意，偶然中的必然。在怀旧与今天之间，我，从你的全世界路过。

我除了在"雨都"暂住外，又不知不觉地回到了那个丘陵上的小村落，和那个依山傍水的老屋，房前的竹子和房后的山茶开得很浓，我用镜头，摄下了外婆老家的生活，摄下了故乡的每一个山头。我似乎找到了我的文学根源，我曾对人说过：在我的一生中，有两部长篇著作，一部就踩在我的脚下——奎依巴格，另一部就埋在故乡的那一座山坡上。

三

我所居住的那一个遥远的地方，其实就叫奎依巴格，而"奎依瓦克"则是对这块土地的理想升华，从"雨都"到奎依巴格，充满着多少幻想和艰辛，"只要你上旬从故乡出发／下旬才能抵达她的枕边"，这种隐隐约约的内在震撼力，跟随着我的生活，便成了创作的缘起。

关于奎依巴格这片土地，以及作为一个石油人的经历，我倾注了无限的挚爱，这种挚爱其实也是复杂的、痛苦的、隐忍的。正如我所喜欢的著名诗人雷平阳，在他的诗作《亲人》中写道："我的爱狭隘、偏执，像针尖上的蜂蜜／假如有一天我再不能继续下去／我会只爱我的亲人／这逐渐缩小的过程／耗尽了我的青春和悲悯"。

文学开拓着我思想的境界，作为一名石油人的后代，在塔西南石油生活这个凝重而深厚的文化背景下，我深受熏陶，跟随着石油一路迁徙。那些伴我走遍天涯的往事并没有随波逐流，而是在让我怀念一切不朽的美丽。

在这里，往事逐渐清晰，我想起了在我的文学道路上，给我支持和启迪的良师益友：黄毅、田文赋、李明坤、赵力、刘龙平、李佩红、汪亚民、刘向阳、林东明、杨秀玲，画家田耘，军旅诗人王族，女诗人南子、徐梅，作家蒋万全、刘毅敏、狂沙等，还有我学生时代的语文老师马宏鹏、梁旭娟、梁正成、刘萍丽，以及多年来默默支持我的挚友张乃让、佟钦亮、龙玉君、刘鹏程、李国军等。是的，是的，太多的往事在回忆里，太多的回忆让我感动；我还能说些什么呢？唯有一如既往地忠实于文学的缘分！

四

曾经写过一首《怀念长安》

我的那些在长安告别的朋友们 / 你们是否早已忘记了大雁塔
在岁月的挣扎中 / 你们北上，南下
而我却一直向西 / 面对天山
与你们背道而驰

我回过那座叫长安的古城 / 也曾几次路过你们也许寄居的南方
我却分明听见 / 你们怀念的呼唤
我想 / 你们除了偶尔记得我的名字以外
已经不记得我的模样

这种沉默的怀念 / 也许还将继续
这种沉默的怀念 / 也许会日夜兼程地
伴我们度过天各一方的人生

五

没有精彩的细节，就没有波澜壮阔的全局！
任何东西都是由细节完成的，那些往事充满着一个个感人的细节！
向着长安，一把伞将我带往"雨都"。
雨是柔的，花是淡的，街道是青色的。
向着西部，胡杨林将昆仑连成一个村落。
我从你的全世界路过，穿越整个山脉。
最遥远最美丽的大漠，是你最宽广的胸怀。
如海洋如星空的戈壁，是你最壮阔的故乡。
大漠将雪山的影子拉得很长，一个暗示，斩断古往今来。

我，是那个远在喀什噶尔的石油人，我喜欢最大限度地忘却刻意。
在梦幻与现实之间，我，以一个石油人的情怀，一路颠沛。
回忆起了梦幻中的长安，回忆起了哺育过我的母校西纺。
回忆起了我写作的摇篮《西风》。
在感动中，写下了这篇对慢时光里的回忆。

2018 年 6 月刊登于《阿克苏文学》

那时风吹

许廷平，生于四川富顺。计算机 1988 级，曾在《中国作家》《诗刊》《星星》《绿风》《诗歌月刊》《中国西部文学》《西部》《绿洲》《地火》《铁人》《石油文学》《鸭绿江》《北方文学》等刊物发表作品 500 余首（篇）。著有诗集《奎依瓦克》《跟随石油迁徙》《慢时光里的宝石花》等三部，曾获陕西省大学生诗歌大赛奖，蓓蕾杯全国诗赛奖，第三届、第五届、第六届中国石油职工文化大赛文学比赛奖。毕业于西北纺织学院自动化系。高级人力资源管理师、经济师、政工师、培训师。新疆作家协会会员、中国石油作家协会会员、中国石油作家协会理事、新疆喀什地区作家协会副主席。现任塔里木油田公司塔西南公司油气开发部人事科（组织科）科长。

路抒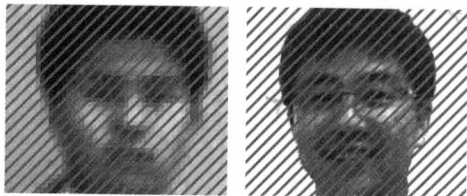

虞美人

　　——骓不逝兮可奈何
　　虞兮虞兮奈若何

　　美人
　　多时不见你已憔悴
　　脱下你时新的舞裙
　　赤裸的你不再新鲜
　　垓下一别之后
　　我驾着乌骓
　　在两千年之外追赶
　　你以揭竿而起的饱满向我注视
　　你竟然已经结子
　　美人
　　这是我无可辩驳的后代

　　我是霸王
　　我的剑在远处轰鸣
　　我的注满红酒的巨鼎
　　搁浅于乌江的沙滩
　　美人
　　你看对岸的炊烟与盘旋的鸽哨
　　你悬挂自己的白绫正迎风招展
　　我怎能再过江东
　　江东是我刺骨的绮梦
　　春天来了

美人
你的颜色如花发
你刚硬的青丝流成河
你的柔情是四面的楚歌
我要拍马前行
以我光滑的脊梁作你的妆镜
马正萧萧　发正飘飘
美人
在两千年之后
我以我高举的马鞭
证示我的忠贞

美人
你已不是当年那个
婷婷的宫装女子
我还是霸王
霸王的盔甲已锈
虞兮虞兮
其奈若何

1990 年 6 月 30 日作于虞美人丛中
刊发于《西风》第六期（1991 年）

彤表妹的生日

九月八
是彤表妹的生日
漫天的贺卡
充塞整个重阳

梧桐叶一张张飘落
彤表妹坐在窗前听风
风不是信使
彤表妹关上房门

母亲在厨房
彤表妹亭亭玉立
彤表妹打开日记
脸颊嫣红如九九艳阳

生日的桌上
本该有另一酒杯
吹灭蜡烛的时候
彤表妹温柔地流泪

1991 年 10 月 15 日
刊发于《西风》第七期（1992 年）

那时风吹

宣告死亡

题记：死是一门艺术，诗人的死实际等于诗人的再生。

——［美］西尔娅·普拉斯

当你伸开手掌
触摸路抒的死亡
永恒的田地
是我淋漓的悲伤

当你剖开你的乳房
亲吻路抒的死亡
没顶的海水
是我无与伦比的酒量

或者你就是毒蛇
路抒就成为村庄
你美丽的尾巴
叩响路抒的纱窗

路抒是无雨的天空
你是苦涩的花香
路抒是扶摇的花轿
你就是哭泣的新娘

只有这样的时候
我才畅谈路抒的死亡
只有这样的时候
我才死于太阳的光芒

十三是一个美好的数字
十三年后我才将你遗忘
不，你将死于我的眼泪
就像一同回归故乡

你家门前有一条小河
路抒就在河边放羊
你是岸上茸茸的青草
我是摇摇欲坠的茅房

你有一支老式的猎枪
我有满心满意的荒凉
歌声四起的时候
我是你准星中的豺狼

金黄的麦子是我慈爱的母亲
在千年铁树上流淌
路抒是一条破旧的围巾
时刻萦绕在你的身旁

蜡烛、蜡烛，我的新娘
请你记住路抒的死亡
请把你温柔的眼泪
浇灌在路抒孤独的坟上

1992 年 1 月 4 日

刊发于《西风》第七期（1992 年）

那时风吹

原梦或从不可知的角度穿越森林

风和日丽的日子
与彤一起去某处游玩
一个拐角处，我蹲下来系紧我的鞋带
仅仅是那么一瞬，彤不见了
我沿着隧道奔跑寻找
路边有一个穿麻衫的人
"你可是找一位高傲的女孩?"他问
"她已离去，永不回还。"
我一拳打去
四野空荡无人
黑暗的隧道中有灰烬的歌声
林中弥漫着死亡的气息
私欲与恐惧扼制了我的爱情
我喃喃自语，落荒而逃
我已无爱人
于是我呼喊朋友的名字
巫师及时出现
"昨晚她做祷告时已有预兆。"
我回忆起彤临走时的一瞥
彤的眼神空洞而又深邃
彤的周身因某种光芒照射而熠熠生辉
那是伟大高尚的死亡力量
我注定达不到彤的高度
彤与人类永远不是同一种生物
我不再责怪彤的淡漠
我知道彤与我的相处仅仅是一种容忍
就像人们容忍一张飘落发际的树叶
想到这点我就容忍了彤对我的容忍
站在隧道的尽头，我拈花而笑
这时冥冥中的高处垂下彤的丝带
牵系住永不可知的森林

1992 年 3 月 6 日
刊发于《西风》第七期（1992 年）

杨花似雪

春天来得真快。久积的残雪尚未融尽，街头飘飞的已是漫天的杨花了。

我对杨花向无好感。春色娇媚的三月，偏是"乱花渐欲迷人眼"，沾衣拂之不去，扫了许多兴致。况且见得杨花，不免想起"水性"，更是添了几分烦恶。

只是那轻逸灵动、飘然欲仙的妍态实在惹人见怜。东坡的词：雪似杨花，杨花似雪，似与不似都奇绝。满天花雪纷飞，随风而舞，一旦零落尘世，便又遍地翻滚，恰似离人茸茸的脚步，又如别时团团的清愁。见了这等风姿，即便仍无一丝欣羡，终究有了些许自伤了。

我从遥远的海边来，满怀饥渴，来城市寻找水。家乡青青的麦穗如芒刺在背，我只有鼎力前行。溯游从之，道阻且长，何处是濡我以沫的泉源？倏忽四年，城市对于我，只能是一个一掠而过的站台。

然而总有什么是不能割舍的。静时思量，无忘者有三：书，酒，朋友。虽然自诩"尝未饮酒而醉，以不读书为通"，但读书即为做人，书之予人，实在良多，而圣贤寂寞、饮者留名的真意，亦非身醉不得而知。至于朋友，更是弥足珍贵。"我已无爱人／于是／我呼喊朋友的名字"，朋友不是玩物，但寂寞之时，总可拿来在心底细细摩弄，正如三九寒天的一盅热酒，虽是轻沾稍饮，也能平添许多暖意。

仔细想来，诚之一字，是为立身处命的根本。凡有一言一行相契，即应为终身不渝的朋友。我很幸运，我有半师半友的长者，也有无话不谈的知交；有人淡如菊的逸友，更有同甘共苦、携手创业的兄弟。何物路抒，得有如许佳友，真该拜谢上苍了。

前不久约朋友小聚，名为宴客，实则辞行。酒入愁肠，当晚是酩酊而归。嗣后，朋友们甚为惊异："想不到你竟如此忘形！"我笑，放浪形骸之外只能偶一为之，这一刻殊为难得！翌日，一位朋友手书一幅"远"字送我，云：山之远路之远风之远云之远，惟意之远得临峰之极。我笑，君临天下固然并不见得幸福，而意存高远也非我这等俗物所能为，只怕有负他的美意了。又一位朋友，握着我的手言道：路抒一走，我写给谁看？我笑，我虽不智，尚不至于自认后无来者，狂妄一至于斯，这话真是抬举我了。但朋友们如此关爱，心下也不免感动。我笑，我只能淡然一笑，"黯然销魂者，唯别而已"，江淹可谓知我。

想起几则不相干的事来。记得四月间出外实习，置身于玲珑剔透的小小无锡景中，遥想当年陶朱公与西施相携泛舟太湖，一时间意气飞扬，神驰万里，心下不觉痴了。忽听两位老人说起西施现身的奇事：曾有游人目睹，暮色苍茫之时，一位宫装女子凌波卓立，曼声而歌："云出岫兮月满楼，揽素袖兮上轻舟，千载风流兮一朝休……"呀，这千古的丽人，莫非也有着千古的愁怨？不然何须远涉数千年来向后世的人们分说？悲夫，生如日月逝如风，不知何所之兮何所终！

在我家乡，有许多传说。家乡有一疯子，终日与猫为伍，于黑屋中燃蜡为灯，名为"心火"。忽一日，疯子咯血而死，屋中烛泪满地，身死火灭，猫也不食不动，七日乃亡，四方皆传为异事。家乡方言，蚯蚓称为"韩香"，我一直不解。某一日，购得一本明人撰辑的《清泥莲花记》，方才大悟："韩香，南徐倡也，与大将叶氏子交……叶父恚，妻之老卒……久不出，自刎矣。"冯梦龙《情史》中评述："韩香何以死乎？死其志也。志，匹夫不可夺，匹妇亦然。"无怪乎蚯蚓颈中有一圈殷红，原来这便是那烈性女子戮身明志的见证！心火不灭，志不可夺，这也许就是我临去应该参得的妙悟吧！

哦，对了，还有雪！让我牵肠挂肚、铭心刻骨的还有我童话般的西安雪！西安雪，我美丽柔弱的安琪儿，若是你翩翩的舞姿有灵，你当记得我们的同歌同醉同乐同悲。你当记得，你覆盖，你填塞，你包容，你充满，你以冰冷的热情拍击我，你以晶莹的花瓣亲吻我，融我于漫天花雪的天地间。如你凝而为冰，请熄灭我熊熊的心火；如你化而为水，请润湿我干裂的土地。你这洁白清纯的雪啊，既然，温柔的眼泪落到雪上也是深深的伤害，我又怎么敢再在你身上踏出一条归家的小路？我童话般的雪，穿上你透明的衣裙，随我一起——走吧！

归家的柳笛已经吹响，我到了离去的时候。长安虽好非吾家，客居此地太久，家乡的山水草木只怕已不认得我这个负笈远游的浪子了吧？未老莫还乡，还乡须断肠，且藏起这古老的箴言罢。

杨花似雪，直直地落下，降临于生我长我温柔我疯狂我的麦地。"细看来不是杨花，点点是离人泪"，是啊，英雄无泪，我不是英雄，我只不过是一翅极目天涯的归鸿，飘忽于缥缈的云间，偶尔低声地鸣叫。

1992 年 6 月

帘卷《西风》 无问西东

莫道不销魂，帘卷西风。

西风，《西风》。西风一直以她西北红脸蛋姑娘特有的脉脉温情，魂牵梦绕在我的心里。对，那时候，我有一个很文艺很骚情的名字：路抒。

1988 年，路抒 18 岁。正是意气风发的好年纪，我踏上了西去的列车。每次 / 背着孤独的影子西行 / 总想像你噙泪细细地叮咛 / 道一声珍重 / 道一声珍重 / 西出阳关可再也没有故人……千里马也要驰骋三四日的路程，远离父母家人后醇酽的乡愁，又岂是书生意气少年情怀能够消解的！幸好有你，《西风》，你以你馨香和煦的怀抱，接纳了我，收容了我，也磨砺了我，造就了我。西风，在当年青涩懵懂的少年眼里，其实就是一缕吹面不寒的杨柳微风。

《西风》让我结识了许多良师益友。记得，那时引我入门的是《西风》主编陶醉，浙江绍兴人，与诸多大文豪是同乡。陶师兄诗文双绝，无数个夜晚，他总是端着个茶杯到我宿舍里高谈阔论，指点江山，让我获益良多。我刚开始当责任编辑时，陶师兄手把手教我看稿件、校对、涂改蜡纸，然后去印刷厂腆着脸恳求打字员姐姐加急修改出刊。直到今天，只要看到文章、报告中有错别字或者语句不通顺的地方，我就会全身不爽，有立马动手修改的冲动，这应该是那时留下的职业病。还有 1989 级的立川，河北石家庄人，曾在《西风》连载《立川的诗》，后来接任主编。他与我同年，黑黑瘦瘦的，因为姓马，我总戏谑地称他"古道西风瘦马，断肠人在天涯"。记得我毕业前临别酒醉，是立川扶我到他宿舍，相对无言，抵足而眠。还有很多朋友，或诗文唱和，或结伴远游，或惺惺相惜，或心有灵犀，至今回味，仍有余香。

《西风》让我学会并坚守对美好的追求。1988 年，诗还是一个高尚的东西。那时汪国真很流行，红遍大江南北，纯情的少男少女们大都读过买过或者抄过《汪国真诗选》。而我们对汪国真不屑一顾，我们崇尚的是北岛、顾城、韩东、于坚，是才华横溢又天妒英才的海子。海子以他年轻的生命吟哦出的绝唱现在读来仍是那么悲怆："我的窗户里 / 埋着一只为你祝福的杯子"，"我妹妹叫芦花 / 我妹妹很美丽"，"冰冷的山岗上 / 站着四姐妹 / 所有的风都向着她们吹 / 所有的日子都为她们而破碎"……还有那句如今耳熟能详、沦为房地产广告语的"面朝大海，春暖花开"。记得我在文学社曾作过一次题为《荒原部落》的文学讲座，大谈朦胧诗和后朦胧诗，也剖析了自己写的《啤酒十四行》，"天长地久 / 西安啤酒 / 当你打开我的时候 / 流泪 / 是我唯一的自由"。时至今日，我还是珍藏着这一块心中的圣地，诗和远方，仍是我不变的少年情怀。

《西风》让我云淡风轻，笑对人生。近朱者赤，诗文会友让我骨子里保留了一点清高的文人气质，可以无视刀光剑影，看淡风花雪月，遇事尽力做到举重若轻，坦然面对。我的座右铭：自处怡然，处世飘然；有事斩然，无事超然；得意淡然，失意泰然。感谢《西风》！有你陪伴，心若无尘，得大自在。

1988年到2018年，整整三十年，斗转星移，物是人非。三十年的岁月蹉跎，三十年的梦想坚守，当年相聚《西风》的人们各自奔忙，从故乡到异乡，从少年到白头，从无知到睿智，从苦行到圆满。所谓三十年河东，三十年河西，在时间的长河里，世间的事物都不过是一朵朵偶尔溅起的浪花。梦里不知身是客，流水落花春去也，那又何必知道自己究竟是在河东还是河西呢？

就让《西风》成为永远的传说吧，帘卷西风，无问西东。

2018年6月

路抒，原名陆泽卿，管理88级，江苏海门人。曾任《西风》文学社社员，《月亮岛》诗社社员，《管理天地》副主编，纺院影评协会会长。

现为中远海运集团旗下某大型合资造船厂资深HR，完美演绎从布匹到钢板、从领袖到艏艉的华丽转身。

许凌

通往秋天的路上

是的　与所有善良的人们一样
我终身都行走在通往秋天的路上
与所有勤劳的人们一样
沿途播种汗水和希望
与所有诚实的人们一样
只用手和心
供奉泥土和圣洁的爱情
与热爱生活的人们一道
歌唱阳光和花朵
像一个天真的孩子
一路采集生命的标本

通往秋天的路上
我们两手空空又拥有一切
宽敞的道路四时明亮
我们常常满含热泪
做一个伟人或凡夫
这无关紧要

1991 年 8 月 31 日
刊发于《西风》第六期（1991 年）

那时风吹

穿上你的红裙子

这是四季最好的风向
连绵的绿草挥舞着鲜花
鸟群驮着阳光来回奔跑
我如一页风筝沉醉在自己的运气里
亲爱的　这些动人的消息
我已经为你暗藏了整整一个冬天
此刻　纷呈在你的面前

不要被短暂的不幸
锁住年轻的嘴唇
不要被流泪的红烛
一截截削去生命的枝叶
我相信尽管严冬凄厉
春草会如期覆盖大地的创口
芬芳的气息　蓝蓝的天空
白云舒展亮丽的羽翼
多美的三月　让人心痛
穿上你的红裙子　亲爱的
这个季节永远属于热烈而真诚的人们
所有该来的幸福
将纷纷叩击你的门扉

刊发于《西风》第六期（1991 年）

107

崇高的爱情

崇高的爱情，你让我怎么相信
让我怎么如同一个赌徒
眼看大片大片流走的光阴
看着终于得到复又失去的美好
收拾残局
崇高的爱情　你永远像一团
远处的火焰
指引无数夸父般追日的浪子误入
循环莫测的歧途
也许　永远得到你的方式便是
远远目击你的燃烧
远远被你的诱惑灼痛双眼

无数虔诚的人们
必将得到你们的所爱
必将以沉重的代价换取永恒
注定要失去的必将失去
注定要发生的必将发生
注定要得到的也必将得到

崇高的爱情　请给予我翅膀
就做那守于地狱之门的乌鸦
守住一切灾难之门的创口
为窃火的人们
送去第一声问候
他们踏着露水回来的时候
天色已经微明

1992 年夏
刊发于《西风》第七期（1992 年）

许凌，针织 1988 级

那时风吹

108

严海蓉

预约的离别

我徘徊在岸边的残阳中，在那里离别抓住了我的手，她盯着我看了许久，递给我一张卡，让我预约一份离愁。

沉默中在纸上填了一个日子，没有地点，没有姓名，浓浓的墨水流淌着泪。"春"，我想在这样的日子里，也许她不会来，因为只听说过秋日的离别是美丽的，然而春天里好像没有过她的足迹。我想，在这样的日子里，冰雪都能消融，也许离愁也能够消融。

践约的日子，到了。草已绿了，花已开了，三月的风也吹过了。我始终不知，在这无尽的春光中哪一天才是践约的时候，在这无边的绿野中哪一处才是践约的地方。我不知她的到来会带走什么。可我能够预感，我预感到那离愁绝不会消融，预感到离别已在向我走近，预感到她会拿走我最珍惜的……

我后悔选择了春，在这样的日子里，一切美丽都被放大，我身边的一切都等着美丽对我欢笑，我不忍，不忍分离。

等，我在等着那个践约的日子，所有的一切都在等待中消磨着，放着他们自己的光，刺痛我的眼，刺痛我的心。

刊载于《西风》第四期（1990 年上）

友情

——在那些讴歌爱情的人中，可有人知道友情可以比爱情更来得轰轰烈烈，更来得缠绵凄婉。

一

寂寂黎明

就要启程了，似白未白的东方作为了一个背景。

不要怪我，不要问我，让这没有原因的离别作为一种记忆，不也很美吗？不说原因，不等于没有原因，但可以算是没有原因。不觉得人们的嘴时刻劳动着，在今天这黎明，可以禁声，为我的走留下一段空白么？该走的走了，该留的留下吧。应该明白，起码你应该懂得一点，我走得无奈。

不要说吧，原因本来很简单，可是都说不明白，我的心已懒惰，不愿去想更多的话来解释。

寂寂黎明，我已启程，我要走进那黎明的苍白中，我要让自己化为第一缕晨晖，抹过你的睫毛，抹过你的大眼睛，然后退去，退去……

我知道你明白。

二

离约

当你怅然地走到我的门口，我还在沉睡中，梦中的故事很美，梦中的景色也很美。我在梦中呢喃着，都不知你已来到了我的身边。

我知道，我曾期盼过你的到来，当时我选了这个季节，青青的果子还没有看见，只有花枝，只有忙碌的蜂群。我原想，这份美好的景致也许会消去你带来的寒意，可设想到它都衬托出了你冷峻凄凉的侧影。

不，不要这样快的来吧，反正一个季节很长，一季可以有三个月，如果你肯听我说，能不能在最后一个日子最后一个时刻再来。可惜，你不会，我也不会毁约——一个离别之约。

我被你的到来惊醒，胸中还残存着梦中的温柔，可你轻启的双唇和凄婉的目光，都震碎了我的心，梦中的故事终于结束了，梦的温柔只加速了冰冷的感觉。

我践约了，自豪吗？眼泪已不再颤抖。是我——自己——约了，我没有失信。春日里一颗早结的果子落了，它还没有成形，没有喜悦，没有悲伤，留下一只鸟儿盯着的怪异的眼睛。

刊载于《西风》第五期（1990 年下）

山的摇滚乐

乡下的夜不仅黑而且安静得没有一丝梦。

清晨的山，没有游人，清凉的山风吹来，有一丝寒。沿着溪边的小径向山上走，看不到溪水，溪水在山涧里，但可以听到溪流，哗哗得一路欢唱。各种虫儿被脚步惊得跳来跳去。还有鸟儿，有的刚学会唱，不断地重复着一个曲调；有的嗓音不好，一句一句的沙哑的断续。半山里的蝉唱得与城里不同，每个都是重金属的旋律。还有被各色花吸引的蜜蜂，嗡嗡地隐在头顶不远处热闹。

各色的花开着，连松柏也在山路的峭壁上自由地狂野分出许多枝丫，一点也不像常见的那样抱成团向上。对面山崖上猛一树两树的紫色什么花燃烧着，点着了翠绿的山。

山路一会阳，一会阴。阳面的，太阳光热辣地拥抱着整面山坡，石头也晒得要裂开；阴面的，幽深，沉静，会觉得有风烟层层升起。

笨笨的山鸡，跟打鼓一般，"杜，杜"的打着拍。新布谷鸟，有点笨拙却使劲婉转地清唱，时高时低。

啪嗒，可能是什么小兽从树上摔了下来，扭扭地慌慌跑开。哗啦啦，响尾蛇也抖着尾巴，应一声，然后神秘的消失了。

刚入夏，新一代的小动物们还都稚嫩，在清晨的山里，和出好多种声音，边走边扑面而来，鲜活，热烈，摇滚。

作于 2016 年

严海蓉，2006 年 12 月博士毕业于西安交通大学，2006 年 10 月到 2007 年 12 月在瑞典延雪萍大学做博士后，现为北京工业大学软件学院副教授。

1989 年曾在西北纺织学院纺织机械学习一年。

马立川

屈原

端午踏你的忧郁而歌
诗人打捞你遥遥背影
汨罗仅是只琥珀
容不下你的忧愤
风也沉沉
谎言成为你出走的背景
路和风俗跟在身后
宫殿如茧
包裹层层裙裾和昏庸
蝗虫公然起舞
日月半明半暗高楼危危
民生炎炎
白发泄露你满腔忧郁
矛戟割宰黄昏牵动你每根神经
坎坎谈吐落在纸上龙驾鹤翔
才略已在船头风干
携一把乡土　地球如鸽卵
路无法延续
文字刻画你永久的背影
成碑
你的风景在江边脱逸躯壳
云也悠悠
端午踏你的忧郁而歌
潇湘竹泪光婆娑

刊发于《西风》第五期（1990 年下）

祭

祭日的天空颇有些灰色的情绪
坟的足迹也被岁月抹去
然而记忆却复苏
游弋成浮萍人群一圈圈
呈上　供品和
一颗呆滞的深远
这一天　没有死亡
活人和死人无言地交谈
这一天　纸灰飞扬
羽毛般轻拂泪水
从大千世界到墓地是一种有限的距离
喧嚣注定沉默的信局

路
奔走一代一代涌动如潮
举起手臂跳起来
血性
太阳
是一种亘在的信念燃烧
雪飘落
另一种语言

刊发于《西风》第五期（1990年下）

关于麦子

来自季节分娩的日子
饱满读懂一种痛楚
耧犁曾一度将希望之种深深埋藏
牛背呈接与老天的赌注
田垄上的日子咿呀而来
绿　黄
涂抹老实巴交人的调色板
十月怀胎之日
风在视野里招摇而过
喜悦在烟袋里滚动
纳鞋底的手愈发轻柔
收获老天爷掌心的命运
车轮轧着七月的赤热游走如龙
麦季　一切谎言和哑舌被抛在路边
麦季　沉甸甸汗水味的季节
麦季　泥脚板写成诗的季节
汗砸在地上很响
劳民在已久的天空里
站立成图腾
读懂一种痛楚
馒头慢慢举起很沉重
香得醉人

刊发于《西风》第五期（1990年下）

那时风吹

诗人

题记：为海子诗思的停止而作

你　一个寂寞的孩子
吹柳笛青青
七孔流溢心事
没人听懂的一首
你不在乎
跣脚穿过人群
与那青色的沙漠
你　一个追太阳的疯子
你不在乎自己
一如汗渍的衣钵
你扛着手杖
凝视那团火燃烧的
语言
农夫般膜拜土地
火　哦母亲
那苍白雪线般的眼神
你是一个殉道者
这一切似乎就平平淡淡
指向宁静
如同鹰冲向风雨
义无反顾的神态
这一切似乎就平平淡淡
注定
从古老滴漏中
那次坠落
哦　冥冥中沉默
法力无边的神
叶子般叹息
那只蛾向火
走过人群与炊烟
人们说

你这个怪异的家伙
不是什么诗人
时值阳春
墓碑边一支手杖
枫火满山

刊发于《西风》第五期（1990年下）

那
时
风
吹

以剑的名义
——致 H

今夜
在布谷鸟的歌声中
我将离去
别为我在窗前哭泣
我是一只受伤的兽
急于回到只属于我的穴
夜的背景
流淌绿色满心满意的忧郁

我将以血为浆
以骨为铁
打造无双的剑
在黑猫邪恶绿眼的注视下
杀人如麻踏平敌营
鼓胀的帆划过天际
像候鸟的翼
那是我归来的步履

我终会归来
吻你的发际和低语
冬季远去
我把滚烫有力的诗句
双手献给你
永不再远离

游南五台

朋友们游春爬南五台，呼喝了一同去。

一、田园

入山口，道旁淌出一条溪，溪水清澈见底。或是水湿润了溪旁的土，土又滋润了草，草格外的绿，像条绒毯，令人忍不住要躺上去，摸摸它，亲亲它。毯上点缀着小羊，毛白如雪，在低头吃草，偶尔抬头张望游客，像是很好奇。溪边有妇人搓洗衣物，人映在水中，由妇人、小羊想及山脚应有茅舍三两间，山石砌成，依山而筑，傍晚应有炊烟袅袅。男人耕田打柴，女人养鸡养鸭，做饭生子。好个田园生活！昔日渊明辞官归隐，有"久在樊笼里，复得返自然"句，很为悠闲自得，但不免有逃避官场之嫌。我并不想逃避什么，只是久居车马喧哗中，想求一僻静所在，享受一下自然的风韵，不亦快哉？

二、游春

择径上山，回顾，见山中多植松柏，且山石间多草。松柏苍翠，草绿而密，其间有鸟扑朔翅翼的声音，不时又传出几声鸟鸣，只不见鸟。溪水从乱石中淌出，作淙淙之声。青泉石影，鸟鸣山幽，不禁感叹山之青翠，之悠雅。身边少年游客匆匆而过，无不汗透衣衫，同行女友也怨山高，明明见到山顶，可上来方知不是，头顶云雾霭霭，顶不知在何处，爬山，我自己觉得并非四肢过于强健，非来作"爬山"这种运动一泄为快不可，而是游春。年少游客急欲登上顶峰，岂不忽略身边之春景？而我则无此牵挂。他人只觉山之高，而我自悠闲，所见无不是好景。若以恬淡心情入世，是否也能少些牵挂，少些烦恼？才能达禅语"日日是好日"之境？悟得此理，见身边峰更秀，草更绿。

三、紫竹林

上数级山路，为一平台，台上有一舍，近前，上题"紫竹林"，又有上、下联及横批，中有"般若圣地"字样。但门扉紧闭，不可入。再往上攀，回头时却并未见林中有竹。既无竹，又为何名为"紫竹林"？渐登渐想：竹，与"松、梅"并称岁寒三友，一向喻人之高洁，清"扬州八怪"之一板桥就擅画竹。由"般若"见此林为隐士清修之所。对呀！林中清修之异士通得"般若禅"，人自然高洁，豁达若竹，林中虽无竹但自得竹之清凉，又何必有竹？又怎算无竹？

四、老松

攀山途中偶遇老松，其干疙疙瘩瘩如捆绳索，枝干遒劲有力，面皮皲裂，显为树中老者。遥想当年一只鸟衔来种子，抖落于山石缝隙之中，种子就发芽，成树，咬定青山不放，愈老弥坚。一同行朋友问：此松有多少年？戏曰：随你想罢。道理是：年轮生其腹中，虽记载了春春秋秋的风雨，但不锯开以观，谁又能知其龄几许？想见其生命之强韧，肃然。庄生《逍遥游》有语："山中有大椿，五千岁为春，五千岁为秋"，是讲人只见小，而不见大之理。可庄生可知如此大之物，进一步讲如此大之境界，可想，可觉，但要达其境又得经几度风雨？

五、山

外看五台，并不甚高，甚至举足欲顶之感。可一入其中，方觉久爬而不能至顶。观之，重重叠叠，皆为烟雾所拥。群峰挺拔而立，似我佛如来之指，方觉自己之荒谬可笑。五台是外拙内秀之人，又岂能以外貌度之？

六、朝拜妪

下山途中，前一老妪持杖而行，顷刻便为所过。回头望时，见老妪走走歇歇，步履缓缓。记起山顶有佛堂，她上山应为拜佛。以如此行走之法，很难得而知其何时已起程登山。我至山脚时日已西斜，亦不可得而知其何时方能到家。何等的虔诚！想到读书作文，代代文人苦吟冥思，华发早生，也不足怪了。人生一世，总得有所求，求则必专，否则又何谓一生？

下山返回，心中已一片静水，波澜不兴，南五台在身后远去了。

刊发于《西风》第六期（1991年）

诗·《西风》·纺院

接触朦朦诗，是从高中时买的一本诗集——《五人诗选》（五人是北岛、舒婷、杨炼、顾城和欧阳江河，开篇是那首著名的《回答》）开始，很是被那些充满意象的新奇的行文感觉吸引。有次看到一个同学写的"不要总在长满青草的山坡上／放牧你的孤独"，觉得很棒，自己也尝试写一些。给一个暗暗关注的女生毕业留言册上写道："青春是稚嫩的角长成的季节／伤了别人／也伤了自己……"

第一次见到《西风》，是在西纺宿舍楼下的报栏里，一篇篇的诗、随笔，怦然心动，一首首地看下去。封底为西风文学社，社长丁炜，主编陶醉。

给《西风》征文投稿、纺织一系征文比赛投稿，结识了丁、陶两位同系师兄。丁炜健谈，随笔《傻树》透着文如其人的飘逸和性情；陶醉厚重，《我不是圣人》发表在《大学生》杂志，诗、文都见功底。师兄们对我方方面面地总是鼓励，与丁师兄席草而坐喝酒畅谈的场景如在昨天；出刊校对时，自以为十分认真的我还是出了不少错，面对陶师兄那是非常尴尬啊，此后再做校对时就战战兢兢、反复地看。

师兄们毕业将至，陶师兄一篇《别了，西风》肝肠寸断，"人生就像一只鸟／从一棵树向另一棵树飞翔"，"翻滚的麦浪／母亲抚过的手"，丁炜文中一句"大不了一别，又咋地"，洒脱下也是难舍——这是倾注了他们心血的《西风》啊！

自知才力有限，内向沉默，接过师兄们的大旗我感到非常沉重。在校团委童康老师、胡西民老师等的支持下，组织出刊，写过"牛背承接与老天的赌注"，"在阴雨中撕裂／才知道／时间不过隆起／诺小的疤痕"。后来读贾平凹《抱散集》、梁实秋《雅舍小品》，有散文《乡村素描》在《飞天》发表，胡西民老师鼓励我是"纺院的贾平凹"，很是脸红；组织活动，请过陕西工商学院沈奇老师讲座，沈老师自称"校园诗人"。

此间，交了不少志趣相投的朋友。路抒，《老陵和他的酒瓶》《虞姬》，文采飞扬；小侃，务实有料；得到妙句兴奋不已的老熊……

回想时，总觉得主持《西风》时，推广、选材、育人等很多事都做得不够，如果能重新来过，一定会做得好一些。青春岁月，总觉得有什么是不能潇洒放下的吗？没有！现在看来，貌似洒脱的当年，又留下多少遗憾……

那天与当年写出"放牧你的孤独"的同学复联时，提及这让我不能忘怀的句子时，他回复说不记得了。

如今，海子远去，"面朝大海，春暖花开"，也走红房地产广告了。

而我们也不是诗人、作家，但是，这又如何？不是诗人的我们，不是也常常在心中吟诵美好！

　　我的伴着诗意的《西风》、纺院啊，与青春同行，与友情浸染。

　　想说，永是《西风》人，永是纺院生，永远爱你们！

2018 年 5 月 31 日

　　马立川，针织 1989 级，1991 年接棒《西风》编辑工作，现在仍是老文青一枚；毕业分配到秦皇岛针织厂，次年离职返回西安，财务、行政、管理，一通瞎干；2004 年去北京混迹至今，参与某小实体管理工作。

梅儿

秋之梧桐

唉，又该是落叶纷飞的季节了，太阳整日无精打采的挂在空中。偶有几只麻雀落在窗外的枝头鸣唱。风，轻柔的摘下一片片叶子，调皮地把它们搁在行人的头顶上，放进行人的衣领里。这一切与先前似乎有什么相同，又似乎有什么不同。秋日的梧桐有如薄纱的少女，现出妩媚的神态，在她创伤的地方露出鲜嫩的颜色。

又一阵风，她再次抖落如许的凄惶，现如今已颇有些寒意了。努力将自己的手臂探得更深，深入于博大的泥土之中，这是她抵御严冬的温床。

每当这个时候，她都会不禁怀想起春日的宁静和夏日的燥热，生出无限的眷恋来，黯然神伤之后更大更红的火光就会照亮她的瞳仁。是啊，冬天来了，春天还会远吗？

再看一看天，似乎蓝了许多，太阳仿佛也大了，就这样仰着头，让风吻遍她的全身，尽情享受这种感觉——这种感觉已经很久没有过了。

那年她还年轻，和所有的小花小草一样，被一夜间从酣睡中唤醒，睁眼看时，世界已经大不一样，有轻柔的风在吹，欢快的小鸟在鸣叫。乌云从湖里打了水来给她们喝，从来不知道还有如此美的境界，她有些眩晕了。

一只鸟在她的脚下遗落了一粒种子，一粒孕育幼小生命的种子。不知怎么的，她竟有一丝莫名的感觉袭上心头，这种感觉迫使她爱惜地将它深植于自己的手心之中，期待着有一天它在自己身边发出芽来。

一场大雷雨之后，天空洗尽了旧抹布的颜色，她抖落发丝上的水珠，以母亲的姿态昂首挺立。

刊发于《西风》第六期（1991 年）

窗玻璃

窗玻璃蒙上水雾　一股烟
升起
有一种感觉　似乎
那是你
这儿和北方不同
北方有冰有雪而这儿没有

格子里现出你狡黠的眼睛　和你从前的一样
窥视着我
有钱吗借我点儿　没有没有不借不借
哎呀我的眼镜打碎了没它不行等有钱马上还你
这话我听多了没见我的眼镜也少一条腿儿吗

哦　我的天
窗玻璃里变成你忧郁的眼睛　和你从前的一样　你
注视着我
怎么了你干嘛不高兴　没什么只是心里有点儿烦
唉其实我也不知道干嘛要惹你生气要跟你顶牛
你是对的是我不好不该老对你说这些而该换点儿别的

窗玻璃里的你眼睛发出光　和从前的不一样
你
叫着我的名字
我　赶紧
伸手
擦掉那双
眼
睛

刊发于《西风》第七期（1992 年）

给小琼的信

我爱我的小琼：

这时候你正躺在病床上捧着日记发呆或者是盯着吊瓶出神罢，我呢正在张老夫子的课堂上紧锣密鼓的做我的"个体户"。和往常不一样，今天我专营的就是出售方块字，来博取你的欢心。

想当初你不听我的话，800米你玩儿命跑，结果怎么样，病了不是？病就病呗，好好听我的话安安静静休息两天也就没事了，你非要和你那个同桌神侃海侃，嗓子疼了，咳得厉害了，青霉素也打上了，吊瓶也吊上了，这下才老实！不过也是，那点儿医疗费放也是放着，过期还作废呢，不病白不病，病不白病。得，这回终于遂了心愿了，该高兴才是啊，嘻嘻！

看到这儿你怕是又在骂我"资产阶级"了，其实我是真心希望你早点儿好，好了晚上你就不用咳了，你不咳了我也就不会再失眠，就更不用为你端汤送水，左右侍候了。看你难过的样子，啧啧，真不忍心！

我可是一本正经、一笔一画的给你写信，你该引起一定的重视。瞧这个信封和这个小卡片好不好看？这是我花了一上午、一下午、一晚上精心画出来的。你不在，怎么都好办，不用遮遮掩掩、偷偷摸摸怕你看见。先构思后规划，再制图，刚刚才着完色，感动得我自己都要落泪了。想象你收到它们时故作淡然的样子，用得意形容我的心情再恰当不过！瞧信封上用仿宋字大小不一长短不齐的干干净净、整整齐齐写上"吾爱之小琼亲启"，还有卡片用花体写上"您不要笑我愚昧／少时初恋／难忘的纯真／回来的您／可记起我送您——／那株芦草花"。别大惊小怪，这不是我写的，是抄来的，所以你也不必惊奇我一下子有了诗人的风范，我从来都不是诗人，从前不是，将来也不是，诗人太那个，做个现在的我，你不喜欢吗？我——老顽童，这个你冠予的绰号我视若珍宝，为了不辜负它，我成天陶冶自己的顽童意识，不知你还满意否？

人家都笑骂我臭小子好福气，像小琼这么柔的女孩子都能争到手，真不简单。是！不！简！单！自打和你有了瓜葛，我就没一天好日子过，早晨不能睡懒觉，得早早洗漱干净，穿戴整齐，再对着巴掌大的镜子把那几根头发梳了又梳。接下来大盆撂小碗的买来你爱吃的稀饭、豆腐脑，殷勤地服侍你用早膳。到了教室，卑躬屈膝把你那张桌擦得锃亮……上课的时候也就是我调整情绪的时候，挖空心思的想出一些稀奇古怪的想法，来丰富我们的节目。有了一个绝妙的主意，好容易挨到下课，按捺住跳动的心绪，用激动得发抖的声音告诉你：……而你却用了一种不冷不热的声调说没意思！真想一拳头揍在你好看的鼻子上，但还是忍住了。并且极风度的冲你笑笑，连声说那好那好，把一口大黑牙留给你，让你回味去吧！最累人的还是和你在小花园里散步，那哪儿是散步啊，纯粹一主子一奴才！只见我颠前跑后，拥左护右，乐不可支，及时为你挥蚊拍蝇，甘当孺子牛。累了一天，晚上和你坐在操场上，还要装出笑脸甜甜的问你累不。唉，拥有一个柔柔的女孩真不容易啊！嗳，你别发火，我是说着玩儿的，和你在一起我快活极了，累点儿没关系，有利身心健康，真的！

能和你做朋友确实是我的好福气，上辈子积的德，无论我怎么发火你都一直笑眯眯，使战火燃不起来。你爱翁美玲爱得要死，我爱童安格爱得发疯。我说你那位有什么好，又瘦又小就和你一样；你不留情地说我那位女里女气就与我一般……同化不成反被异化，从此上街看见翁美女的画片便慷慨解囊，童公子只好晾到一旁。"谁愿做奴隶，穷人何时得解放"！

说来说去我可真想你！两天不见我就茶饭不思，想起和你独处的妙处。刚才那些你不爱看全当我放屁，只要你能快乐，能早一天回到我身边来，再为你吃多大苦、受多大累也愿意，这句话你得信！话说"士为知己者死，女为悦己者容"，有道理。又有一语曰："狡兔三窟——狡兔者好也！"我狡猾的女子，可否给我做你一窟的荣光？

下了课我就去看你！

吻你，我爱的小琼！

你的小欣

1992 年 6 月 3 日

刊发于《西风》第七期（1992 年）

重叠的刀口

夜深了，病房走廊里的灯光从门上窄窄的一条小窗映照进来。她扭动脖颈，看到陪床的丈夫趴卧在床边沉沉睡去，间或发出一两声轻微的鼾声。她疼惜的抬手轻轻摩挲着丈夫的头发，他累坏了！

疼痛袭来，她不由倒吸一口气，慌忙把手从丈夫头上移开。她摸了摸自己腹部新鲜的刀口，那刀口从肚脐稍下开始，一直延伸下去，刚好和自己的手一样长。那刀口上除了敷着层层叠叠的纱布还压了一包重重的东西，摸起来像是装满沙子的一个布袋。她不由叹了一口气，心想肚皮上这长长的疤该是如千足虫一样丑陋不堪吧！已经是手术后第二天了，可是刀口依旧很疼，她无法入睡。

她想起几年前。那时候她经常做一个梦，一个一模一样的、奇怪的梦。她在梦中摸到她右侧小腹里，有一个如芒果核一般大小、薄薄的、硬硬的东西，如鱼一般游走，她甚至可以隔着皮肤捏住它，手指可以摸出它的轮廓、厚薄。她在梦里想，能不能切个口子把它拿出来呢？看看它到底长什么样。倏忽间它却挣脱了，又如鱼一般游到深处去……她惊异于每次做同样的梦，每次醒来她都惶惑着再摸摸右侧小腹，既想又怕，那感觉实在太清晰，太真实了。这芒果核每日来到她的梦中，持续了很长一段时间，她的右下腹开始疼痛，梦中那枚如鱼的芒果核开始啃噬她。到医院检查后得知，她的右腹里长了一个拳头大小的囊肿，医生说行医多年，这么大的囊肿很少见。那是她第一次住院，第一次开刀，在同样的位置，从肚脐稍下开始，一直延伸下去，刚好和自己的手一样长。

她记不清上一次是第几天下地活动的，大概是手术后的第三天？医生撤了导尿管，嘱咐要多走动防止肠粘连。她在搀扶中很努力地起身，刀口很疼，绷紧的疼，感觉那一条条缝线就要绷开了，翻出鲜红的肉！她的腰佝偻着无法挺直，每挪动一小步都要费尽力气，肥大的病号服很快汗湿了……她不能笑、不能打喷嚏、不能咳嗽，否则即是灾难降临。

那天晚上窗外传来喧闹声，有人大声争辩着什么。她住的病房临街，总是被外面的声音打扰着不能安睡。她蹒跚着挪步到窗边，窗外街灯悠悠的亮着，刚才喧哗的人已经散了，有夜归的行人在匆匆赶路，也有站街的美女穿着暴露。她们三三两两立于街边，立在路灯旁的黑影里，指间偶有香烟的火光闪烁。每有男人走过她们就主动上前攀谈，有的男人连忙摆手快步走开，有的男人则停下来和她们讨论片刻，继而就有姑娘挽了他的手臂亲亲热热的一同去了，宛如情侣一般。她早听说这条街是有名的"烟花柳巷"，每到夜晚都是如此景致，很多外地人专门过来光顾。那时她很想冲下楼去，跟那些姑娘说别糟蹋自己，别做这营生了，有个好身体做什么不好啊，能说能笑，能跑能跳，能自由行走，你可知我多羡慕你们吗？好好的找个正经工作，好好的找个人嫁了，好好的过日子不好吗？！健康多重要啊！

　　她又想起大学毕业两年后的那个夏天，她工作的单位奖励十几位优秀员工到三亚游玩儿。在亚龙湾的海边，她和同行的三位姐妹拍了一组泳装照，其中一张甚至登在了单位内刊上，被同事们戏称海边的"四朵金花"。照片中，她穿着白底印有玫红色大花的两截式泳衣，露出她纤细的腰肢，在蓝天碧海金沙的映衬下分外悦目。她们欢快地笑着，在镜头前变换各种姿势，二十岁出头的她笑靥如花，美不胜收。

　　那时候她还有着光洁平坦的小腹，她想。

　　而照片中她乌黑发亮的长发一直垂到腰际，是的，她那时有着一头傲人的长发。有时候她会在脑后编一条粗粗的大辫，有时候就这么披散开来。"长发绾君心"，这长发她用心留了好多年啊，前不久才狠心剪了，剪成了如今的齐耳短发。

　　这美好时光再也回不来了，她想。

　　她想起不久前。那时候她经常做一个梦，一个同样的、奇怪的梦。她在梦中摸到她的小腹里，有一个如芒果核一般大小、圆圆的、硬硬的东西，如鱼一般游走，她甚至可以隔着皮肤捏住它，手指可以摸出它的轮廓。她在梦里想，能不能切个口子把它拿出来呢？看看它到底长什么样。倏忽间它却挣脱了，又如鱼一般游到深处去……她惊异于每次做同样的梦，每次醒来她总要再摸摸不再光洁平坦的小腹，那感觉实在太清晰，太真实了。这芒果核每日来到她的梦中，持续了很长一段时间，她的下腹开始疼痛，梦中那枚如鱼的芒果核开始啃噬她。

　　"残花败柳"，不知怎的，这个词突然闪现出来，她"噗"的笑出声来。刀口受到牵拉疼痛万分，她皱紧了眉头，抿紧双唇，待疼痛缓解之后，她将头扭向靠窗的一侧。在她枕边的小床里，有一个小婴儿正吮着自己的手指甜甜地睡着。月光洒进来，照在她和小婴儿的脸上。在月光的映衬下，小婴儿饱满的额头和肉嘟嘟的面颊如白瓷般细腻光滑，而她的面容圣洁安详。

2018 年 6 月

奶奶

我从小在奶奶身边长大，奶奶是我至亲至爱之人，虽然她已过世近二十载，但她的音容笑貌依然清晰如昨。

奶奶是大家闺秀出身，有一双小巧的"三寸金莲"。奶奶的脚如此之小，在"民国"初年缠足之风废绝后已不多见，和奶奶同龄的女孩大多半途松了裹脚布，她们有着半大不大的"解放脚"。虽然 20 世纪 70 年代初生活困苦，可奶奶依旧每日把自己收拾得干干净净，灰白的齐颈短发梳理得一丝不乱，衬托出一张瘦削的脸庞格外精神。奶奶常穿一件灰蓝色的粗布斜襟罩衫，虽已年久褪色，领边袖口也有细小的磨损，可总是浆洗熨烫得平平整整，没有一丝皱褶。我原以为奶奶最喜欢这件衣裳，因为她常穿，若干年后我在奶奶的遗物中偶见到一件丝绸长褙，被细心的叠放着。长褙是正红色的，散发出丝绸高贵的光泽，手工精美绝伦，用金线绣着复杂吉祥的花样，原来这才是奶奶的珍爱之物。我想这或许是奶奶的嫁衣裳，想象一位瘦小的女孩儿在她十多岁的芳华，穿着这样一件华服坐在花轿里娇羞的模样……

奶奶的罩衫都是爷爷熨烫的，爷爷也是个讲究的人，衣服裤子也是必须熨烫之后才肯穿。和奶奶的长相形成极大反差，爷爷高大魁梧，身形健硕，圆圆的脑袋剃得锃亮，五官也是圆圆的，非常立体的凸鼓出来，就连两道雪白的眉毛都夸张得像一双意欲高飞的翅膀，随时有飞离那颗圆圆脑袋的可能，整体看来有点儿不怒自威的味道。爷爷熨烫衣服的水平很高，我和堂兄非常喜欢趴卧在"工作台"旁边看。爷爷的"工作台"实际就是铺放在小床边缘的一块包了布的木板。爷爷先把生铁铸成的熨斗放在烧热的火炉上，再接一大茶缸清水放在"工作台"近旁。整理好准备熨烫的衣衫，先挑布料质地最耐高温的铺平，待熨斗烧得火热，爷爷拿起茶缸含一大口清水"噗——"的喷出一道优美的弧线，水珠竟均匀的洒落在衣衫各处。手起手落，熨斗所到之处"刺啦啦"声中冒起一股股水汽，腾云驾雾如入仙境一般，我和堂兄拍手咯咯的笑着，爷爷也随我们一同笑起来，这是我们和爷爷相处最欢乐的时刻。

正屋里靠墙摆放着一张八仙桌，奶奶和爷爷常端坐在八仙桌两侧，看我们几个三五岁的孩子跑进跑出、跑上跑下。奶奶烟瘾很大，基本上烟不离手。奶奶很爱笑，一笑起来眼睛就眯成一条缝，咧开的嘴里就露出几颗黢黄的牙。在狭窄的一二楼中间，有爷爷年轻时亲手搭起的一层小阁楼，通往阁楼的是一条非常窄和陡的木板楼梯，几乎要手脚并用才能爬上去，我们最爱去那里"探险"。几个孩子把楼板踏得"咚咚"响，"呼啦"一声拉开阁楼的门，炮弹一般射入，在阁楼上翻滚打闹起来，好不开心！每当这时奶奶都会在楼下唱歌般喊起来："小祖宗哎！你们拆房子哩！"我们打闹着、嬉笑着，一起涌到阁楼木栅栏前，透过一掌宽的间隙看到奶奶站在正屋中间，一手拄着拐杖，一手夹着还剩半截的香烟冲我们佯怒的申斥着，目光依旧慈爱柔和。而爷爷还是端坐在八仙桌一旁，恬淡自在的喝着茶。等我们疯够了，疲软了双腿从阁楼上下来时，一个个头顶蒸腾着热气，如刚出锅的馒头。奶奶早在洗脸盆里准备好热水、干净的毛巾，先给我擦脸擦身子，接下来再擦堂兄们的，擦到最后一个，脸盆里的水早已浑浊不清。年纪最大的堂兄常愤愤着表达不满，奶奶就抚着他的头说："谁让你是哥哥呢，让着弟弟妹妹是你的本分！"拉开房门外边就是街道，一盆脏水倒在街边的下水口里。奶奶倒完水回来，让我搬小板凳坐在她两腿中间，奶奶熟练地把我一头蓬乱的头发扎成两个高高的羊角辫。"煎饼馃子咧！热乎乎的煎饼馃子！"外边传来吆喝声，孩子们两眼冒出光，热切的看着奶奶。奶奶和爷爷对视一眼，正色道："你们下次还拆不拆房子了？"我们连连摇头，叠声说不了不了！奶奶抖抖衣襟，将将头发，颤颤巍巍站起身来，一手拄了拐杖，一手牵了我，几个堂兄一窝蜂涌出门去，穿过房门前的街道，早早立在煎饼摊前。奶奶挪动着小脚，不紧不慢的，那时我心里真像着了火，感觉街道怎么那么宽呀！终于我们挪到了煎饼摊前，奶奶审视了一番，撩起衣襟，从内袋里掏出一方绣花手帕，一层层打开，露出里边花花绿绿的钞票，对摊主说："煎饼馃子来五套，多放香菜，一个加鸡蛋！""得咧您呐！"摊主手脚麻利地舀一勺面糊倒在烧热的饼铛上，刮板沿着中心就那么一转，一个圆圆的煎饼就出现了！我们几个孩子的手齐刷刷扒在台沿上，口水早流了一地！毫无疑问，加鸡蛋的那一个是我的，堂兄们又愤愤着表达了不满，奶奶揽着我的肩说："你们回去找自己爹娘要鸡蛋吃去！"堂兄们一哄而散，往各自的家里跑去。

　　一年中最期待、最快乐的时光当然是过年，除了有新衣服穿，能吃平常吃不到的纯肉馅饺子，还能放各种花炮。吃过年夜饭，大人们留在屋里聊天说话，大孩子就带着小孩子出门放花炮。在外边玩儿得冻手冻脚，鼻子耳朵通红，实在熬不住了我就跑回家，屋里的大人早已各自散去，奶奶躺在被窝里唤我快快脱了外衣上床来。钻进奶奶早已焐好的被窝，紧紧贴在她干瘦的怀里，浑身的冰冷一下子就消散了，那种温暖弥漫全身的感觉一直清晰的印刻在我的记忆里，一直温暖着我，直至今天！还有奶奶身上的烟草味儿真好闻，只觉得那是甜！

　　奶奶是个爱笑的人，但我见她哭过两次。一次是大娘（爸爸的大嫂）带我去一个离家很远的商场买东西，那天商场里人非常非常多，黑压压的，大娘要挤进去才能买得到，她把我留在一个大柱子旁边，嘱咐我在那里等她，千万不能走开。我等啊等，感觉等了几百年，我被人群挤着离开了大柱子，人群中我找不到大娘的身影，我那么矮那么矮……感觉又过了几百年，我还是等不到大娘来找我，就随着人流走出商场，凭感觉我走过了几个路口，转了几个弯，居然远远看到了奶奶家不远处那棵熟悉的津白蜡，堂兄在那棵树上粘过知了吓过我的！终于回到家门口，里边传来大人们激烈的争吵声，夹杂着阵阵哭泣，我分辨出那哭声里有大娘的、有奶奶的。我知道大人们的争吵和哭泣与我有关，我怕极了不敢推门进去，于是蹲靠在房门外，看着天色一点点暗下来，听着屋里此起彼伏的哭泣声，当时只有一个感觉：饿！大人们急疯了可我却蹲在门外数星星，如今想来也是醉了！还有一次见到奶奶哭，是二大爷（爸爸的二哥）病重的时候。二大爷长得最像爷爷，十分英俊帅气，可惜在他十几岁时不幸感染了脑膜炎，留下了后遗症。二大爷终生没有婚娶，于是待我如亲生女儿一般宠溺，惯得不像话。爷爷和奶奶是不允许二大爷单独外出的，更不允许他抱我出去。可二大爷还是瞅准机会抱我出去了，那一次他抱着我狠狠的逛了逛大街，美美的吃了很多好吃的，还去光明照相馆拍了张我俩的合影。回到家自然是挨了好一顿数落，二大爷也不申辩，只低头看我摆弄着他买给我的几大瓶浓缩橘子汁。自那以后我不再喝海河水，喝水必放橘子汁！后来二大爷病重卧床，再也不能抱我偷偷溜出去了。一天夜里我被尿憋醒，听到奶奶嘤嘤的哭泣声，爷爷在一旁轻声叹息，我隐隐的感觉大事不妙，果然后来不久二大爷病故了……

　　1976年唐山大地震，天津也震得不轻，那一年我被父母接回了他们支边的内蒙古，从此我便和奶奶天各一方，几年才能回去见一面。我上初中的时候，爷爷去世了，再后来我到西安读书，到珠海工作，离奶奶的物理距离越来越远，而心一刻都不曾远离，依然那么近那么近……

　　千禧年伊始的一天夜里，怀孕中的我做了一个梦，梦到一棵树，一棵开满粉红色花朵的大树，那花朵缀满树冠，艳若桃李，远远望去煞是好看。可不知怎的，花瓣开始飘落，如雪飘落……我很急，不知怎样才能阻止，我又离得太远不能上前，只能眼睁睁看着花瓣飘落，如雪飘落……早上醒来，心绪久久不能平静，回味这梦到底是什么意思呢？这时电话铃响起，爸爸在电话那头说奶奶昨晚去世了！我的泪一下子喷涌而出，原来昨晚是奶奶托梦给我了，她化身为一棵树来看我最后一眼……可是奶奶，您怎么就不能再多等些时候，您最爱的孙女就要当妈妈了，您就不想看看她肚里的孩子到底长什么样吗？

　　我想起小时候和堂兄们在阁楼探险时看到过一扇窗，窗的那一边蒙了厚厚的布，黑黑的什么也看不见。我问过奶奶窗子那一边是什么，奶奶只是笑而不答。长大后我知道了，那是奶奶的"神秘小屋"，而小屋的暗门从来都是锁着的，难怪我们当年不曾发现！

　　此刻，我在南方的星空下写着这些文字，遥想北方。奶奶的神秘小屋我到底没有进去过。我猜想那是奶奶晾洗裹脚布的地方吧，当她年轻的时候也一定晾洗过其他东西。我猜想那里还是奶奶心灵的一片栖息地吧，每当她在小屋里独坐时，是否慨叹过这一生被一双小脚所累，是否怀想每一位逝去的亲人。我想她一定是羡慕每一个有着一双健康大脚的女孩儿，能走很远很远的路，能见很多很多的世面。我猜想奶奶在小屋里一定还想过别的，比如在她十多岁的芳华，穿着一件正红色的丝绸长褂坐在花轿里娇羞的模样……

犹记得奶奶那个温暖的怀抱，她不仅仅温暖了一个冬夜里冰冷的小身体，还长久的温暖着一颗远游的心。

一个人的终极死亡是被遗忘，我的奶奶她还活着，一直活在我心里。

2018 年 6 月

梅儿，原名梁艳，染整 1990 级，籍贯天津，1990~1992 年《西风》文学社副社长、副主编。

邵华

梦幻曲

有人说：落叶是日记的故乡。而我却时常踏着它走，踏着叶的茎脉，如同踏着人生的海，微微起伏着。

梦中的故乡，摇篮……

相视着同样的旅途，感觉是一曲遥遥缥缈的梦幻，是很难读懂的妈妈眼里的嘱托和渴望。像一个真谛、一个悲生、一个船桨、一个……。我想得很美，像一段默契。

也像游弋的杨花忏悔的寄语
自信地又去寻觅生的绿魂

然而，是所有枯落的枝叶都能挽回春的绿意吗？不，怎么会如此潇洒依依呢，如同长大了的岁月也不能成熟所有播下的种子！

我捧着杨花旋思故乡的寄语，漫游夕阳畔的沙滩，守卫着蓝色的纯洁，但却怎么也捧不起记忆的流沙。

散散的记忆，像一抹黄昏的晚霞，闪烁着粼光离我远去。

刊发于《西风》创刊号（1988 年）

最后的恋情

我又采集着雨花走来，拾不起的岁月，或已没有了重踏的春路，别离的调子回荡在晚风中。

山雀唤我为这最后的恋情与首诗，刻在昨天的日记里，而我的羽笔仍结着茫然的冰霜。

绵绵的雨丝覆盖了路，好似让我忘却这走了又走的小路，忘却那奇异的远离；像远去的黑夜，又像瞬间的梦。然而哲人却说，生命有多长，绵绵思念有多长。

顺着它的启迪，我又徘徊在没有门牌的白屋前，望着看门的"诗人疯子"高大而沉静的背影，读着"西风"的爽朗，颤颤地和奇里古怪的服装队一起走了进去，我不懂那壁画，又重踏回细雨，身后支撑着一棵婆娑高大的法国梧桐，我不觉感到欣慰、满足。然而人哪能满足，终将离散而去，我也无法挽住那最后一丝恋情。

黄昏的翅膀扇动着，时间之马栖息在夜的枝杈。

淅淅沥沥的雨丝倾斜了那条小路，熟悉了乡音，陌生了这条叹息一样美好校园路上行走的方式……

它不再长吗？不，很长、很长，会一直延伸到风逸霞霓的蓝海边，揉进一抹金线曙光。

而我在那最后，落满黄叶的路口，选择了另一条宁静的小路，淡淡的轻烟细雨缥缈，没有泯灭的迹痕。

因为那前方有一盏明灯在为这最后的恋情闪耀。

刊发于《西风》创刊号（1988 年）

吕治萍

在这个地方

在这个地方
我的心快乐不起来
那感觉就好比
美人鱼行走在通往爱情的沙滩
短而模糊的视线
穿不过历史厚厚的城墙
释迦牟尼的塔
暖而潮湿的呼吸
化不开刀光剑影留下的云霭
千年积累的雾

在这个地方
我的梦一点一点长起来
从塔克拉玛干
到四百八十寺的产地
那条曾洒满驼铃的路上
如今又铺满我的梦
不必担心梦无主人
不久以后
我会荷一肩历史
一个一个拾起它们
塑成梦的骆驼

刊发于《西风》第六期（1991年）

老黑

裸鸟

之后雪就落了下来
我能看见的地方
鲜艳的花朵
在明晃晃的开放
为我开放的花朵
远离一切理由
这足以使人相信
若干年后
我的儿子或是女儿
问起有关于花的故事
我会想起
大片大片的雪中
一株鲜艳如血的花朵
是唯一真实的花朵
唯一被我看作花的花朵
我坐在没有阳光
的地方欣赏一只鸟

对于那天的事情
我只记得
一只鸟
掠过栅栏和屋檐
落在窗台

整个事件发生的时候

我清楚地听见
门
反复开合
像往常一样
我吸烟
坐在木椅上
读简单的文字
窗台上的鸟
就落在视线里
羽毛是不是光滑
声音是不是柔软
我没有注意
我注意到的是
鸟的眼睛
炯炯有神
一丝不苟
我不知道
是我在观察鸟
还是鸟在审视我

那天的事情
仔细想来
我只记得
一只鸟的眼睛
炯炯有神
一丝不苟

刊发于《西风》第五期（1990 年下）

那时风吹

张晓丽

再造我魂于季节

扯断温室空气的捆绑
为了季节的诱惑
身影在镜中消失
门在身后关闭

天湛蓝欲滴湛蓝如水湛蓝如我梦
野茫茫无际茫茫如色彩茫茫如我心境
——这是白云流浪不知归的季节
这是失落的记忆堆积起来的季节
我看到了落叶……
脸上没有表情魂已从瞳孔走出
沉落
沉落……
沉落于落叶的坟墓
思绪丝丝缕缕被残枝扯拽
我苦笑
我无法扼制他们
无限的晶莹覆盖那落叶
我魂已随落叶归根
坚硬的透明冻僵那落叶
我魂已和生命滋长
春阳从云间滚出
大地响起生命的绝唱
苍白的眼神苍白的血液牵引我推涌我去哪儿
还未开口一片落叶已飞进我的瞳孔

我听到血液奔流的声音
我听到每一个细胞的欢笑
我感到灵与肉的震撼
我知道那是我魂
我知道
隆冬缔造的菱形信念
将推涌我去苦泅人生

刊发于《西风》第六期（1991 年）

那时风吹

汪雅斌

凝结记忆

我在佛前剃度，沐浴更衣，
从此，不再信仰你和回忆。
大殿上香烟袅袅，
温柔地刺激我舒缓的鼻息。
水莲花浅浅地开着，
绣上我的禅衣。
方丈之间，
落满你留下的足迹，
我跪下诚心祈祷菩萨的光临，
指点关于佛法的妙意。
然而，我就突然想起了你。
剪掉的头发被风吹散，
打着旋，飘进门前那一池清水。
思念，会是一朵祥云，
在月亮里润如碧玉。
阿弥陀佛！
惶乱中，
抓一把香灰和上莲池的水，
捏一个你。

刊发于《子衿》第16期

守望归路

你便是那一支出尘的芬芳，
三年前，我用木头雕刻你的模样，
然后许以菩萨的名义，
抓起木屑飞扬在天际。
当你决心要离开，
这个尘世和我的雕镂，
显得尤为重要。
有谁，
还记得你那时的模样？
恐怕我都将忘记，
所以，我不信任你。
只是希望你早点回来。
一段回忆，便是一段精彩。
只是看着你，
木然的表情，木头的身躯，
思念满溢。
想抓住的，偏偏抓不住。
因为你说过，只要幸福。
好吧，你走！
让我，等成传说，化成雕塑，
站在涂山之巅，
守望你来时的路。

刊发于《子衿》第 16 期
汪雅斌，汉语言文学 2006 级

那时风吹

阿柒

我在灰烬里等你

我想在灰烬里等你，
在铅华洗尽前，
请原谅我仅有双浑浊的眸，
任目光流转尘世，
却终究寻不见你的踪迹。

我想在灰烬里等你，
在奢华褪尽前，
请原谅我仅有对污秽的手，
任掌纹刻入乱世，
却总归触不到你的身影。

我想在灰烬里等你，
在浮华沉淀前，
请原谅我仅有颗躁动的心，
任它疲惫于捉摸俗事，
却始终捕不到你的心思。

我想在灰烬里等你，
在繁华落尽前，
请原谅我仅有个放荡的灵魂，
即使肉体已经消逝，
却仍不肯停住脚下的兵荒马乱。

那，我就在灰烬里等你。

在曲散人散，灯光黯淡，故事谢幕之日，
将我放逐在冬日壁炉里，
待火焰吞了我的皮，
消了我的声，
灭了我的迹，
噬尽了我生前所有灰色的梦。
而我，只发出一声浅浅的叹息，
像是木材沉睡时恬静的鼾声，
而你，刚好也在这里。

刊发于《子衿》第 16 期

阿柒，汉语言文学 2013 级

王荣荣

第一百二十一封情书

卡卡，若有朝一日你得见此书，万勿惊异，万勿好奇，亦万勿退避。

情之一字，最是奇妙。回溯时光，对母亲，我有别别扭扭地说过"我爱你"；

对知交，我也亲亲密密地说过"我爱你"。而对你，我从来不敢光明正大地表露心意，只能暗地里写在纸上，笔墨纸笺，三度春秋，昨日细数，竟已是一百二十封。

古人常常驿寄梅花，鱼传尺素，云中雁书，以寄相思。那么我若是将这千缕情意万般情愫遥寄于你，那该梅花开谢岁几度，锦鲤往来数几回，云雁飞落天几重？

在那些信笺里，你的名字是"卡卡"，这便是女儿心思了。你的姓名是属于所有人的，而卡卡二字，唯属我一人而已，每每吟来，唇齿缠绵，丝丝入心。

我们的故事该从何处谈起？时至今日，我们已相识七年，自我察觉到对你的心意开始，也已是三年。你从最初踮脚触不到门楣长到如今轻松一跃便轻易摘下梧桐树上低垂处的那一片叶，我从最初肆意与你追打笑闹到如今看你一眼都要匆匆别开目光。卡卡，我比大多数人都要幸运了，我爱的人与我虽非青梅竹马，却也是少年相识的情分。我陪伴你走过光阴七度，比起只拥有表白的那一刻最后只能无疾而终的人要好太多，我应该为此庆幸，却仍旧是不甘心。人生如戏，多少人深陷戏中感动自己，把故事留给看戏的人随意评论，所以我不愿对别人多说一点，唯恐我珍重宝贝的感情到了他人口中变成矫情。可今次我却不想再藏下去，纵然你不知晓，我也想让这些情愫出来晒晒太阳，大约都是不甘心在作祟。

昔年日日得见，而今联系常断，我只能凭借回忆里的一点温暖慰藉自己。

那一天水乡堤上，西湖晚照，四人成行，波碎金光。

那一日小木屋中，长发湿垂，背后擦动，满室暗香。

那一夜长安街旁，飞雪玉花，相侵古城，吐气如霜。

那一刻凌晨车里，倦意袭人，耳畔肩上，好梦还乡。

我曾为你拒绝三人的表白，绝口不提是因为你，其中一人与我相伴八年。我曾为你照写志愿学校，只为你一句"也许以后同校"，你却阴差阳错留在故省。

阿常叹我傻，我亦笑我傻。我非江南女子，不曾成长于亭台画阁小舟绿水烟波，却也是柔肠百折千千成结寸寸难解，我笑自己自缚情网执迷不悟挣脱不得。阿常说你不适合我，我又哪里不知？然则可控之物为欲，不可控之物乃情，我向来自负善控，控制得了自己的欲念，控制不了深种的情根。情不知何所起，一往而深深几许？

我有时压抑不住，也会气恼于你。话里话外暗示过无数次，你却总是匆匆转移话题好不高明。今年中秋前夕，漫步校外，半段漆黑，半段人喧，一轮将盈的月亮总让人忍不住怅惘。想起好久和你没有联系，我打给远在太原的你，你却三两句敷衍便挂断。我沮丧失落，又酸涩难过，明明我是这么想念你……最后也只能无奈一笑。月光总是如此，竟夕白首，眉间覆霜，终是痴妄。

我想，我是凡人，妄动凡心，既无慧根，灵台不清，欲念亦生，活该困在红尘中挣扎。其实与你都无关，常常是我自己在寂寥之中探究不得，又无处挣脱，故生心魔。

卡卡，你是我妄动的情念骤生的心魔。

爱情是带者惊慌的喜悦带着欢愉的难过。上一次感恩节我说谢谢你，你讶异，我却没敢说完后半句：谢谢你出现在我生命里。卡卡，遇见你，我感谢上苍，可遇见你，也确然是我福薄。而错过我，卡卡，这是你福薄。

卡卡，我的男孩，你是我命里的劫数。

《天使爱美丽》里说"最深和最重的爱，必须和时日一起成长。"葡萄酒总是越沉淀越芳香，我已经孤独地沉淀三年，还需要多久才能沉淀到吸引你的地步？我今年十九岁了，茹素已是十三年。卡卡，假如爱有天意，我能不能用过往十三年攒下的善业，求上天换你我一场美满姻缘？你总是笑我迷信，这只是我不得已的宽慰罢了，人在有缺憾的时候总是把希望寄予上苍。这是一种懦弱的行为，卡卡，我承认是我懦弱。

我有时会看着镜子中的自己想，如果我漂亮一点就好了，如果我多才多艺一点就好了，如果你看不懂我的灵魂，那我可以用世俗眼中的资本去得到你更多的喜欢，让你倾心于我，一如我倾心于你那样。下一刻我就为自己的想法感到害怕，我不能在骄傲一再退守之后还改变自己的坚守。我非菟丝，不附乔木，爱情当如席慕蓉所言，"分担寒潮、风雷、霹雳"，"共享雾霭、流岚、虹霓"。今生我怕是不能与你拥有这样伟大的爱情，若是有轮回，愿来生我为泥土你为花，我可以给你植根的土壤我可以给你成长的营养，我可以收拢你破败的枝叶，我可以陪伴你每个风雨冬夏。

我的外国文学老师讲到莎士比亚时说到两难结构，一个抉择接下来是另一个抉择。三年之中，我无数次想要放弃，又无数次地坚持，无数次地模糊期待，无数次地勇敢重来。这是我的抉择。阿常说我付出太多，其实我不觉得自己有付出什么，终归也不过是，我喜欢你，想圆了自己一番深情而已。

我的爱情最初是由友情变质而来，将来会如何我也不能知晓，只是其中心结实在难言。我之前重温《大话西游》原先只当喜剧笑看，今次看到最后我却哭了出来。我的意中人不是盖世英雄，也不会踏着七彩祥云来娶我，我不如紫霞仙子，猜不到开头，也猜不出结局。

卡卡，你知道有一部日本的电影叫《情书》吗？藤井树和藤井树，年少时的爱恋随者未婚妻的探寻被摆放到昔年少女的面前。我也希望，有那么一个人出现把我所有对你的爱恋摆放在你眼前把我的所有心意让你一点一滴、一丝不差地全部知晓让你再不能退避再也不能退避。

这也许是为你写的最后一封情书，也许是以后无数封情书的又一个开始。卡卡这是爱情。

君知否

初相会，少年意气峥嵘，只道是，子非吾求路不同。

流年逝，飞花飘叶至冬，何曾知，此谊绵绵七年从。

舞勺忆，那年那人惊鸿，难为继，素来无缘后空空，碧玉时，还谓知已情重，错察意，春心初心两朦胧，终将离，此间蓬山万重，方堪破，原是情根已深种。

此身此心向长空，此情此意难再穷。

多少梦影几回重，君知否？

可悲可叹苍穹痛，可怜可哀红尘中。

谁与归去良人梦，君知否？

君知否，君知否？

红豆骰子血藏琼，入骨相思不出口。

刊发于《子衿》第 16 期

王荣荣，汉语言文学 2014 级

杜幕荣

旧时

灵魂撬开半掩的时间之门
从隧道里幽暗穿梭
喧声消融于自我崩陷的漩涡
雷鸣击碎漆黑的七月的天空
闪电缠绕成六月的伤风
五月与四月是挂在深海的星辰
一个浮在船桨边
一个沉入岛礁

纯粹的想象，童年里透亮的眼瞳
诡谲变幻的晚云
一粒火光耀熠着滴入眼眶
拥抱着燃烧的单薄与心酸
树影，晨雪，波涛，碎花
都定影在童年中漂泊
暮色里跌宕在孩童的嗅觉里
炊烟里缠绵出辽远的苍凉

杜幕荣，人文社会科学学院英语系 2016 级，2018 年始担任《子衿》文学社社长，2018 中国校园双十佳诗歌十佳诗人，诗作《旧时》获 2017 陕西省大学生诗歌大赛优秀奖。

那时风吹

李嘉薇

曾把时光写于纸上

我把秋日的光收进瞳孔
眼里的秋风乍起，云雨飘落
看着鸟儿飞过我的窗边
飞到那棵树的怀抱
日光将撒在它每一片叶子上
连温度都刚刚好

我把絮语放在耳边
闲来无事时叫醒耳朵
阳台听得见广播里的歌曲
旋律熟悉时自己和着调子哼唱
忍不住录下来送予你听
你会在那边星辰闪烁时
将词句一一想起
我把小物收进匣子
每个物什都说来话长
随手拾起路过文苑时
从肩上滑落的叶片
我猜它也有话讲给我听
万寿路小店里的食物当然不行
美食的味道像儿时手里握的方糖
要仔细品尝才行

我把时光写于纸上
提笔的表情都要从容淡定

写花写树，写时光温润过的小路
连同晴的影子都揉进
听风有信等有人问起
八月长风，九月落雨里
是你的头发高高盘起
还是我眼角的褐色泪痣
我定会遥有所寄

刊发于《子衿》第 18 期

李嘉薇，人文社会科学学院英语系 2016 级

那时风吹

程潘

想念南方的艳阳天

一纸书信，将我从南方带到了北方。

曾经无数次遥想自己北上时应有的兴奋与毅然，但当真正坐火车北上的那一刻，心中才明白，离家的我，只如一只北飞的风筝，飞向遥远的北方，可是线的那一端，依然系着我的南方。

踏上求学之路，走上了这片令人神往的文学与古都圣地——西安。

不同于南方的高楼林立，这里，是一份古朴。

一下火车，便看到那横亘在车站前的古城墙，伴着凌晨的薄雾，一串串的大红灯笼在微暮的清晨随风摇摆，每一块青灰色的砖瓦，都在诉说着它们的厚重与沧桑，一椽一瓦构造的古朴房屋，并没有褪去岁月的痕迹，伴着街道中往来的人群，印着丝绸之路驼队图案的公交车在人海中慢慢行驶，有那么一刹那确实让人遐想。

不同于南方的温柔婉转，这里，是一份荡气回肠。

从草长莺飞小桥流水人家的碧玉江南辗转到古道西风瘦马的豪情西北，抛却了吴侬软语的江南乡音，圆润厚重的陕北方言让人记忆深刻，大西北的风迎面吹来的是的厚重的陕西乡土气息，也吹动着一颗游子的心，从前，并不知道西风碧树怎样的萧寂，亦不知大雁南归为何会是古今文人无法抛却的情怀。然后此刻，当我行走在校园里，看着纷纷飘落的树叶，南飞的大雁就这样从我的头顶，我目送着它们的离去，才明白，此刻的南方，属于它们，不属于我，金黄的树叶告诉我，这是浓烈而深沉的北国之秋，不再是那淡雅如茶的南国秋日。古都的秋呀，你的深沉扰乱了我这个忧伤游子的思绪。

不同于南方的农家小菜，这里，是被面食特色化的古都饮食文化。

从前读陈忠实先生的《白鹿原》，看到许多充满陕味名称的食物，内心是一种好奇与向往，油泼面、臊子面、牛羊肉泡馍、肉夹馍……当这些存在于文学情结中的东西真实地展现在你的面前时，内心的震撼与怅然若失的矛盾交杂，似乎自己穿越了一片时空。冲击着味蕾的食物，填满的一位执着于文学情结的心。水盆中的热汤顶着冷风冒着热雾，我知道，这是专属于这里的味道。西安，让我想起怀念南国，也让我遥思历史。

未央区，长安区……每一个名称都是历史的遗产，从大明宫到芙蓉园，从明城墙到钟鼓楼，从大雁塔到长乐公园，从兵马俑到骊山华清宫，每一处都承载着太多太多厚重的历史，行走在每一处，都让人遥想起绵延千年的中华文明，令人震撼，又令人失落。

行走在西安的街道，看着霜降后的柿子挂满了枝头，品饮着西风煞人，一步一步，走过这古都的街道，每一步，都是沉思，那声声驼铃，好似千年未曾断绝，它就这样，依然在我的脑海中回荡。

明月照离人，天空中的孤独明月，照亮了西北的天空，不是大漠孤烟直的萧瑟，是江月年年只相似的千古遥思，落月西斜，清风下的同一轮明月，也照亮着我的南方。如今，北方微冷，落叶成絮，金秋时节正十分美丽，这片面朝大漠的土地，也羁绊住了我的心，在此我一切甚好，我想，此刻南国，也正是金橘飘香、丹桂正浓吧！我思念的南方，此刻可是艳阳依旧，西风渐紧？

岁月不待离愁，西风紧瘦，为生民立命，为天地立心，唯愿不负这片土地绵延不息的繁华与厚重，南方的艳阳天呀，我怀念你，带着对脚下这片土地的深沉敬佩。

刊发于《子衿》第 18 期
程潘，应用化学 2017 级

崔世博

命运

我看见有人
在凝视着一局棋
黑与白在暗处纠缠
祈求着巫师
卜算一场结局

黑就像远处那幽深的小路
沉睡的人们等待着天亮
白却显得有些安静
像一位等着恋人的姑娘

初遇时的场面
竹叶在沙沙摇晃
而月光却矢口否认
偷走了我的心脏

我躺在那金黄的麦田
那层层的麦浪
是对农夫守护的告白
狂欢过后
秸秆在土地里腐烂

或许
我该变成一只觅食的麻雀
不至于

在寻找的路上
被四季逐放
也会有时
笑着那鱼鹰
把毕生的泪水
埋在河床

我想这是最稳妥的方式
让时间来去消磨生命的烙印
为何我一生都在逃避
却还是背负着那被抉择的命运

其实
我已相当谨慎
逃过了随波逐流
也迷失了方向

可能
我已足够幸运
有着健全的身躯
同样的血液还在流淌

也许
是我太过风流
因为雨说
昨夜
梦境比泥土还要疲惫

崔世博，理学院应用物理学 2017 级

那时风吹

辑二：
他们在场

拐过雨季　那么多荫蔽的屋檐
你像一个打渔的人
稳稳操纵着手中的白玉
每一片树叶　那种植物的信念
将在你手里复活　宛若火鸟

逸子

九月

念在　鹰的翅　我的手　飞机的角度
保持向上的态势　念在
山的形　火的欲　兄弟们的身姿
依旧笔直地挺拔　念在
每条路的脾性　都弯弯曲曲
却倔强指向它的目的　念在
念在四周轰鸣的寂寞中　我那
从未低下的额头
别让露珠变身成白白的青霜

念在麻雀一般飞停起落的小学生
时而搂定我　行星一样地旋转
念在孩子们的母亲　有时背过人群
向我洒下无奈的眼泪
念在妙龄少女不知多少次依靠过我
在夜幕中向她们的情人袒露
青果一般的乳房　念在那些毛头小子
突然勃起的力量　与我昂然行走的源泉
同出一脉　我们握手言和吧
你这随波逐流的冷箭

你这不可一世的嘴脸　波谲云诡的表情
你这天空的弃儿　无根的波涛
别用无敌天下的口吻　对我说
你席卷一切的锋芒　炫目显赫的辉煌

那时风吹

154

念在　一颗露珠正在撞响另一颗露珠
就像一个词语正在撞响另一个词语
一头公羊正在扑向一头母羊
一个青春正在启蒙另一个青春
念在　雨后的杨叶、桐叶、槐叶
正在抖落满身的浴液
就像孩子的父亲刚从孩子的母亲
身上起来　擦去满额的汗水
就像刚刚埋葬完母亲的汉子
眨动眼帘　让最后一滴泪水埋进脚下
就像我身边赛跑的二狗、二蛋和倩倩
四肢奔涌着速度　挥汗如雨
念在　你无法感到的这种味道
念在　你默想千遍　也够不见的顶端
用我的词　我的句子　做你的缰绳吧

让我放牧你吧　愚蠢的时间
念在大地的恩慈　宽阔的胸膛无所不容
就让它作为你的跑道
刹住你疯狂的轮子　折断你梦幻般的翅膀
念在整排　整片　整座山脉上
我行军的兄弟　一齐　向上看齐
来吧　开始歌唱　开始歌颂
我　我的身体
和我的绿色

一九八九的歌

拐过雨季　那么多荫蔽的屋檐
你像一个打鱼的人
稳稳操纵着手中的白玉
每一片树叶　那种植物的信念
将在你手里复活　宛若火鸟
五百年一死　五百年一生
而波涛静去之时　水——
溶溶漾漾　这座房子时出时隐
从每一个六月的滩头
我掉转头颅　仰视你
以一种昂贵的迷茫

日子能如此平静真是出人意料
而你呼吸中的温润　贯穿我
竟也来得顺乎自然
第一种晴朗　阳光渗露出血迹
多年隐逝的樵夫　竟像策谋已久
砍断我的高傲不费吹灰之力
捕捞我　也是你与人群的默契
我应该低下头　承认这种命运
是来自于你的爱情

但你从哪里来　锁我的线索
从哪里来　敲打我的盲杖
是世纪的尖篙　埋下的歌
我多次抵达　又多次退却
多次闪出我鳞片里面的光芒
像第二种晴朗
年轻的锐利　铭心刻骨
整个穿透这座房子　而到达
你怀中　闪现我金黄的裸体
但你太不像一次爱情
甚至来得毫无道理

那时风吹

156

你尽善尽美　高照着夜晚
山里的鸟儿都羞于起飞　连同我
只想卸下翅膀
做你怀里的一棵树
红房子　是你盘踞的雨季
我进出其中　以灵魂的一种
做出赊账　以大于生命十倍的价格
我多年修炼的勇猛　决心
被你捕获

第一种晴朗　阳光渗出血迹
我弹痕累累　怀中抱满金色箭矢
拥有你　是我唯一能倒下的地方
谁能想到　一旦如此
被射中的反而是你
红房子　溅满我心爱的伤口
你深藏其中　竟然不堪忍受
我多次抵达　多次以红色的手
拨动世界的方位　将我片片
吹散　像第二种晴朗——

第二种晴朗　成败已经到达
贫血的人群退下水面　烈火熄灭
而烈日依旧　枯燥的城市汽车又在奔腾
血在奔腾　受伤的手在奔腾
你贴在我胸膛的心难以平静
可疑顿显　更多的可疑四面跳出
第二种晴朗　我端坐在爱情里
手无处可放　无法可放　无理由可收回
更无机会可伸出

每一种晴朗　在六月
水已退去　你已收兵而炎热依旧
红房子　我每次经过
都感到你年轻的幼稚的乳房

正在伏向我的生命
铁腕的力量　躁动的路途
而我突然据有的高度
已似不复为人　不愿为人且
决不为人
一如粮食依旧　胃口依旧
一如渴望依旧　世界依旧
而黑夜已经到来　虎狼已经到来
宿命　已经到来

1990 年 6 月

那
时
风
吹

金
《金木水火土》之一

至今想到那种辽阔我都会重新死一次
每次醒来胸口起伏着白色沙碱
只剩下干涸的嗓子　我要
从旁边绕过
老人挪走了那片阳光

它隐藏在最深处
阴天来了　村里的人点起炉子
我们的尖顶部分开始脱落
泥土从后面来
以一种默默的温情盖住光芒
它隐藏在最深处
在兵器的底部　夜里的光显蔚蓝
被箭射中的男人　也像箭一样　中途折断
并且走进我们其中　把另一半握在手里
怀着献身的危险

它在地下寂然而眠
由于疏忽　会发出一些叮当之声
使我们产生过分的无力
不是属于秋梦的那部分
一旦出手　我们会锯掉秋梦
成为火的颜色　连风也热得烫手
它默默地转动枪口　对准
我们圆滑的部分
干净利落　制造暴乱
至少有一天夜里　我们不敢
点起桌上的烟卷

祈祷抑或忏悔　它站在我们身后
浑身是火　使我们惊魂不定
它无声地冷笑

如一个男人　给我们爱的恐怖
阴天来了　村子的人走进房中
仍能听见
它翻身而出　月光尖嚎
我们身体里面淌着水银般的血

至今想到那种明亮我都会认真死一次
它暴露在我口中　像一个杳无人烟的山洞
蛛网结在血渍上
奋力游泳之后　我能到达对岸
但早已残缺不全

那时风吹

房子：爱之挽歌

烟卷是空的　怕你看见　每次你推开门
我都尽力隐藏另一只手
天气凉快时你已经开始冷却
让我不断想到　隔壁的猫

猫啼如婴　我先听到一些　剩下的
被你打断　我又听到一些　当然
已经太远　我的小腹部分突突直跳
我得昏迷过去　以免出错

不久想到雨　那是挽救我的嘴
你口型极像我所爱的女子
在夜晚跪下　浑身淋漓
美丽的腿部　滴着让我回来的水
那口气　不止一次让我晕眩　打开

窗子　老妪的的而行　我先发现
这房子的内部　布满陌生的脸　蜥蜴的脚枯干
我再发现　这房子的外部　阳光猛烈
而灰尘不动像一部精致的图画
而你竟如此洁净　什么时候已经转到阳光的核心
在我惊愕之前　抢先扼住我的喉咙

什么时候你开始倾倒我鞋中的泥泞
弄出的声音超过我们两个人的能力
我的动作概不由己　在灯光下神魂飞舞
不知应该感激你　还是嫉恨你
什么时候你已经突然停下
在我的面前那么戛然而止
你口型多像我所爱的女子
把我身不由己　安插在你的腋下

你身材多像我所爱的姑娘

单薄　瘦小　让我爱你　情不自禁
得到你　是一种偶然　况且身不由己
撒谎时感到你的亲切
忏悔时你更加完美
我一无所知　在这所房子
你——　我的一切
得到我然后爱我然后你已无所适从
你体态多像风中的狗尾草
让我为你畏惧为你不平也为你疯狂
谁能想到　整个夏天
我会如此闪闪烁烁

天黑的时候走向雨
还没有一片茫然
在看不到的地方你哭声一片
我先遇到陌生的观众
再遇到我自己
身材渺小　满脸尴尬
谢谢
谢谢
再次感谢
你的谢幕　让我
一无所有

这里

这里寸草不生
头脑难以接近
水从外面洗涤人们的手
手是一种天气
这里布满沟壑
参差的黑色　年年侵蚀
这里是无边的荒漠
这里是一只翅　透明
绕过我生命的重量
这里　全部的空气
用作人们的道路
这道路从里面摸我
这触摸让我盲目
这里是暴君的口腔
水是他们的一种帽子
我戴上这帽子
这帽子从里面胀痛
我贲张的身体
水是群众洗涤的动作
手是交叉的天空
残忍的中午和红色的夜晚
我一一射击
这里是无法接受的失重
晃过我生命的场面

生长

在我的身体里面
开花的
那些夜晚
那些突然掠过的寒冷
以及矗立而不语的森林

那些夜晚
我们都不敢说话
不敢把目光
放在路上
身体里面那柔软的水
柔软而无法流动的水
没有任何反光

男人抑或女人
都有这种夜晚
那时外面的光照不进来
我喘口气
好像整平了很多沟壑

我抬起头
远处有星星
有蓝色
而这一切对我
已经没有意义
我蹲下身
把胸膛上长出的植物
——清点

祭

妻子是玉
温软洁白
我守着她
是一方绸帕
许多年　不打开
一如起初
水在流动
我躺下
妻子漫过整个房间
我包裹着
是一条鱼
是她体内的唯一生命

多年以后我是水
妻子是鱼
游进游出
安若初婴
并且　潮起潮落
一如起初
多年之后我也是玉
温软洁白
妻在远方
笼罩着我
生动而遥远

写给妹妹

清清的月亮照着我
清清的水
清清的妹妹你快来
下霜的夜晚
干干净净的世界

清清的妹妹你是
有颜色的　唯一一个
今夜你去照亮世界
照亮人类
清清的妹妹你是最小的一个

你是最晚的一个女子
清清的水为你流
清清的霜为你落
清清的妹妹你是
太阳的仇敌
今夜　你去照亮月光

作品 7 号

我曾经一个人向大雨走去
我看见树木用飞翔的方式走在我前
头
还有男人和女人生育的气味
我看见树木用我少年的力量
走在我周围　里面充满隐喻
或者下一个乐章　那些金色的句子
还有很多人在四面八方呀
他们把耳朵抛给了我
有丁小村、有伊沙　有很多很多
我认识或者不认识的人
有第一次和我做爱的人

我看见树木用平凡的方式飞翔
更多的树木从后面超过我
它们用我第一次做爱的力量
从我身边跑过
它们迅速站在高处向我招手
这些我以前都没有见过
四周贴满的耳朵我以前都
没有听说
但这一切我却像早已了如指掌
我看见这种光芒
就如同一场大雨　一管一管的血液
从我身体里跑过

爱情是一只大鸟

爱情是一只大鸟

一开始就在天空

并不打算离去

我看见过　我很心酸

并且为它喝酒

许多年我寻找爱情

我总遇见　这位士兵

在门外　不敢把枪口对准我

我想不幸中弹　我想

昏迷

可是爱情是一只大鸟

我能看见　我能描绘

它的形状但我无法得到它

这只大鸟　一开始就在天空

想给我们一次机会

可自从成为一个人

我就从来不能靠近它

逸子，原名马俊立，男，1968 年 10 月生于西安，汉族。1986 年进入西安大学语言文学系学习，1988 年与丁小村、夜林等组建大学生文学刊物《十七天》；1989 年获陕西省大学生五四诗歌大赛一等奖；1992 年受邀主编诗刊《倾斜》第二期；1994 年加入中国作协，任吉林省珲春市作协诗歌组组长，1996 年退出。陆续在《诗歌报》《一行》等刊物发表诗歌作品 50 多篇，诗歌理论数篇。1997年后中止写作，转投商界，现为西安明科微电子材料有限公司董事长。

夜林

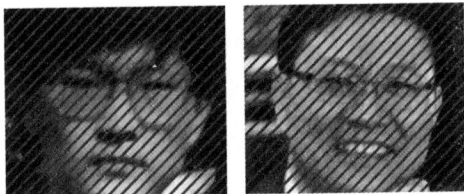

秋天的疑惑

秋天使人完整如一片土地
而叶子如不安分的人的漂泊
重新开始了生命

遥远的海陌生了过去的事情
向眼前汹涌着
波涛用一段段洁白的生活
一面靠近秋的影子
一面叩击着房门
此刻我单纯而陈旧
可我仍渴望着
渴望着能使我激动的深入
秋天后的忧郁是一种伤口
秋天后的等待是一种习惯
云带着雨疯狂地逃走后
苍白的天空在自由地等待
等待着风的抒情
等待着树木不能挽回叶子后的姿势
让秋天或秋天之后
成为世界上生命最真实的片断

海呵，做我的第一个情人吧
纵与我隔着一千种道路
持一把空杯子于秋的对面
我仍口含着往日叶落时

夕阳的声声晚钟
仍用最初的吻来爱你
仍用多年前安静的阳光
装满你已隔世多年的杯子
叶子在秋天的土地上飘上飘下
一种孤独延长了我宁静的生命

刊发于《西风》第四期（1990 年上）

那时风吹

骨灰里也有阳光

虾被打捞上来后
晾在岸边
阳光下
虾的眼睛
大大地睁着
瞪着眼前的阳光
把自己一点点晒干
皮壳都脱落
挺到最后的部分
叫海米
被高价出售

人被裹进白布后
推进火炉
火焰里
人的眼睛
紧紧地闭着
懒得再看一眼外面
任凭火焰
一点点把自己烧化
皮肉被烧掉
挺到最后的部分
叫骨灰
被埋葬祭奠

几百年来
这个小渔村
渔民们每天都被海边的阳光
晒着　烤着　烧着
叫海碰子
个个都成了海米
他们说
即使我们身体被烧掉了
骨灰里也有阳光

清明节对岸

站立的石碑
齐刷刷地钻进墓穴
抱着碑上的文字睡去

卧在墓穴里的骨头
齐刷刷地站立起来
呼出阴气　吸着阳气
奔跑着各回各家

在家中站立的我们
哇哇哭了一阵子
然后齐刷刷地爬回母腹
隔着肚皮
听着外面的世界

怀着我们的孕妇
烧掉了我们的传记
让那些噼啪作响的文字
随着灰烬
飘在人群中
又活了一回

诗和远方

高山之巅
日出东方
霞光万丈
一个人手指远方说
我看见了
另一个人手指远方说
我也看见了
一群人手指远方说
我们都看见了

几米外的草丛里
有人提着裤子
站起来骂到
你们有远方我有诗
看见了就看见了呗
瞎嚷嚷什么

上下五千年　左右三厘米

边吃饭
边打开手机视频
看上下五千年

一个喷嚏
把一个饭粒
喷在了手机屏幕上
我随手把饭粒移走
进度条也随着饭粒
前移了三厘米
视频里马上就换了两个朝代
死了四个皇帝
飘走了唐诗
迎来了宋词

我用手把进度条
回移了三厘米
让四个皇帝又活了过来
让宋词歇一会儿
让李白们再写写唐诗

一顿饭的工夫
也就是三厘米之后
手机就要没电了
我马上把进度条
移到了最后
想看看我自己
在里面都干了些什么
一直没有看到
字幕上也没有我的名字

一篇关于致命汉字霾的小说

二十年前
因为这个字
他不认识
高考落榜
只差一分
从此他低头看黄土
不再仰头望高天

二十年后
因为这个字
总往他体内蹿
他频频咳血
肺癌咽气前他说
这辈子
彻底认识了这个字

再过二十年
因为这个字
因为满山都是这个字
他挤出坟墓向天空开的花
他在山坡向人们吐的艳
仍然无人能看见

夜林，1986~1990年就读于西安交通大学，曾任交大星火文学社主编，现在大连生活。1987年开始写作，作品曾在美国的《一行》和《新大陆》、中国台湾地区《创世纪》、中国大陆的《诗歌报》等媒体发表，大学毕业前参与多家诗歌社团活动。20世纪90年代初与诗人伊沙、逸子、马非等合办《倾斜》诗刊。部分作品入选《中国实力诗人诗选》、《当代中国爱情诗典》、《中国后现代诗选》等。

方兴东

田园生活

屏息之间
一阵风强劲地压弯作物
仿佛一双巨型的手
伸插在稠密的茎秆间隙
从容覆翻
那一刻
父亲五十年的血汗
剧烈地泛着墨绿
齐腰的穗子一齐
孩子样仆倒
父亲伸出扶持的手
三个月的波谲云诡
骤然
飘红

博大辽阔的背景后
田野响遍诚实的声音
拔节　分蘖抑或叶子摩挲

与许多鸟雀拨离枝头的响动
混合一气
使我二十余年
保持孩子般的气质
使无数季庄稼
在我童性的手中

生生灭灭
连同这种快活无比的下午
成为生活中
传统的一身荣光

将脚迈入庄稼的长势
将雪状的氮肥
撒进丰年和荒年之间
泥土的源头
比我们更高更大的作物
纷纷匍匐下来
我们弯腰
默默除草
让四面八方的波动告诉远方的人
种子的由来　就是
我们的由来

刊发于《西风》第五期（1990 年下）

越过父亲的眺望

如果不是稻草重重围困
将人类的兽性
反复抽打
人们又怎能站立起来
在太阳巨大的光芒下
走　走　停　停
我们又怎能使庄稼的故事
成为童年一页封面

无疑
父亲以及尊敬的父亲
都是作物中最高产的一类
他们不浪费一粒谷物
也无法熄灭对后代的凝望
他们一闪而逝的光泽
使二十年的秋草瑟瑟
深入人心

如今
这批被文明和智慧
扫射的作物
纷纷佝偻　仆倒
摇摇晃晃的稻穗声音
在父亲越发勤快的手中
万念　俱灰

这是一个永远古老的情景
笛声已远
维系命根的发丝
闪亮朴素的白光
越过眺望
父母随意停留在生活的核仁上
形影相吊

然后

以镰整整一生的铁色
映照出我们的过去和
艰辛的未来

刊发于《西风》第五期（1990 年下）

给你写一本好诗

我给你写一本吧　一本里都是好诗
我已经写完了　灵魂还剩些什么
秋天紧紧裹着我　许多语言就这样
裹着消失　你也正在消失
我抬头看天　让你被我看过
就燃成灰烬　云朵　黑夜的一角
诗里留下的空间还是那样多
我要一行行剖过去　并记住
也许真实的你就埋在其中　也许
那天的我也埋在其中
我想睁开眼睛　说出爱情的苦
生活的苦　总是盖住我嘴里的苦
我摸摸脸颊　我已经瘦了
是你在黑夜中
划亮了一根火柴　柴在你手上燃烧
我已经把自己瘦成了柴
燃烧起来　是我自己失的火
我的光芒在田野上掠过
我在无意中　成了一首诗
谁在风中哭　挂着响亮的泪水
谁在梦里挖掘　把梦一个个挖空
我在尝试生活的滋味
但真正吓我一跳的
是她滋味的淡　空无一物的淡

1997 年 4 月

那时风吹

180

比想象的简单

我比想象的简单
我的诗更简单
农夫埋头劳作
我也和月亮　和和气气
共居一室　她不时从纸上移走

不多的钱　不多的朋友
我并不担心　我把担心
安在诗里　在纸里旋转
到了明天　我就不敢肯定
她还停不停在我心中

冬天是我的衣裳　懂得在夜里
加盖　送入我的怀抱
心事跟着我　就像
劳作追随着生活

我正在适应　越来越暗的天色
越来越多的孩子
大街上的人　田野里的人
谁需要一个伤心的孩子
贫穷而体弱
风一阵阵　免于叹息
使生活没有多余的枝节

1998 年

阳光把手高高举起

当我深陷其中　阳光把手高高举起
时光的手　儿童的手　聚拢在天空
像树叶张张打开　我还能这样握住

用我沾满墨水的手　我还能
让自己感动　回到两人相爱的怀抱
在黑暗里　我和乌鸦一样呼吸
心跳　互相警觉　互相看不清脸面
我害怕那星星就打在我的头

权当我是一只笨重的乌鸦吧
我的翅膀　阳光不足以打开
我鼓动着想象的翅膀　在夜空
表达我的童年　家园　我荒芜的诗
然而　何其相似　在别人的梦中
那些不存在的鸟　迷路的鸟
飘来飘去　但不表述　不做观望

我在等我的鸟从远方归来
我的父亲在远方等我归去
积雪的南方　庄稼遍地的南方
同一个黄昏　我已不能在天光下读书

但三两个父亲　还在夕光中劳作
挥舞着锄头　种植孤独　却永远
挥之不去　割着胸口

1998 年 9 月

请节省你的呼吸

牛马耕耘着土地
使阳光升起
空气洗亮了
地球上上演的一切

我把呼吸铺向大地
倾听天气变暖的声音
月亮升起来的声音

三言两语我就抵达了
遥远的南方

我在北方　没能心满意足
没能把更多的消息
搬上天空的屏幕

天空　毕竟不是为了人类
而一直空着
天空也不是为了人类的沉睡
而一直沉默
牛马仰天长啸
请换换天空的内容吧
让南方和北方相互遥望

而生命是短暂的
请节省你的呼吸

1998 年

散步北方

一首一首　我把诗付给生活
一天一天　我把日子付给生活
生活远比想象的辽阔

人们收工回家
把我晾在空空的田野
我一无所有　两个村庄
一个在前　一个在后
独自一人　来不及伤感

我轻轻按捺住思绪
不再关心南方的遥远
我和村庄一样
心满意足　以炊烟作证

时辰将夜晚摆开
摆在我们面前
摆在群山面前
让每一个人心服口服

晚风不在了
它降在屋檐之上
它没有再提到故乡
因为昨晚我不相信的
今晚我已全信了

1998 年

害怕许多年后

我害怕　害怕许多年后
人们多么爱我　抽出我的嘴脸
让我看不见血　看不见
自己的面孔　血中的面孔
又小又黑的面孔　化成玫瑰
我在自己的躯体上越走越远
这和诗歌无关
我想看看自己　能飞得多高
我的血能溅得多远
我的舌头被光明卡着
我必须忍受自己的荣耀

我用沉默　加强黑暗的力量
有时也犹豫　对手中的笔
笔下的文字　初升的太阳
面对着刀枪　是时候了
死亡把我变成钻石
我闭上眼睛　想象我的昨天
和没有我的未来
还是让我好好睡吧
有大地抚着我

1997 年 11 月

秋天的门扉（组诗）

一

一丛丛名字　一丛丛死神
树上开出风景

原野上滚动着饥饿
我快守不住这小小的花园

目光摔得比什么都响
三个顶风的人
碰得像一只手
使用着最后一把铁

别回答我　别还给我
我知道
人类分割的
是不能挽回的一切

是谁的一声　附在我的喉咙
我终究要做成一件事
哪怕你的手总停在胸口
我在回顾　在想你
没有灯火
我的倾诉等于沉默
大地的歌唱　使天空发白
你也好好歇着吧
我们不用说
大地黑白已分明

二

花褪色　褪到心里
我把爱情递给少年
天空把消息裹得那么紧

让我和别人一起走吧
大街上的人们四处奔走
怕的就是那陈旧的爱情

我重新喜欢没有人
没有怀抱　没有热量
也没有什么能献给别人
我晃动头颅
踢得九月空空地响

别靠得太近
一个向晚时分的男人
在自己的呼吸中起伏不息
有人打开门　倒掉剩下的爱情

夜晚由于光线　静静倒塌
凭着肉眼　脱开月光的唇
请允许我沉默　允许我一个人埋头
卸掉那份爱情的累

三

太阳在上升　这不符合
九月的企图
八月的少女还在这世上
款款而行

这些水做的尤物　总使秋天
显得格外不可靠
害得我们还得停下来
想想自己算不算好人

秋天亏损而寒冷
一个男人　不太多的钱
使我心安理得
把狂野的心搁在一边

这样更好　空着双手的人
都做了一个耕者
两个人被动摇　被伤害
牛车朝冬天压过去

我躲进小屋
让大地承受降临的黑暗
我属于那个孩子　永不出声

四

我停在小镇
雨天使人黯然
但凭什么要我相信
这就是我

有时　我背靠黄昏
把笛声抽长拉细
我只能用一句话
来制造命运的无常

这使任何人面对时间
都格外脆弱
只有农人睡得安稳
诗人们制造着不眠

我们被忧伤控制
没完没了的时光
使岁月变得遥远
我立在河流一边
白白写了一生的诗

看看月亮吧　凭什么要我相信
这是我自己的脸

五

我的快乐从这里开始
今天和明天　太阳和月亮
河流又算什么
我构想我自己的命运

这我也难以理解
我爱过的人　不是我自己
我和万物混在一起
安静的时候
多少有点恐惧

这也简单　风在树上
画着果实　你看看我
熟睡的样子　月光下
居然很美

一切都已妥当
我藏在不知名的后面
一切都已备好
等着你来打捞

六

我解开文字　使我看见
历史上　有两个国家
强国和弱国　国家里
有两个人　国王和奴隶
我的诗不重要
只有两个字　生和死

爱情里　有两个人
我和你　对生产的东西
我知之甚少
一生只有一次
这使世上的一切

都不够用来记忆

大地也不太真实
使骗子们有点害怕
使你醉心于
做我强大的敌手

总有一天　我会问你
我是不是当过我自己
我们是不是构成了国家
国家是不是我的诗

七
我害怕清晰　就像
害怕月亮投下阴影
我的用意是　我们的迷宫
带给我们幸福

我要把这写下来　写成诗
使世界不好解释
我隐约看见不知名的引力
迫使我说着更多的事入

我不吃惊　就像我
不拒绝迟来的爱情　未来都是
一面镜子　剩余时间和全部的粮食
我照照自己　只不过懒得
去改动任何一个细节

我要赢得命运的好感
有一间房子　有无数的窗口
还无法预料你的出现
这使我的想象　包容着
更大的危险
使我的笔得适应黑暗

还得适应突然

八

这是秋天　一目了然
对于春天　我没有把握
它黑得出奇
在另一颗心中
一动不动

我深思熟虑　学会生活
我的诗比思想包含得更多
敌人都已死去　只剩下
几张模糊的脸

生命不太确切　却不能不
让人信以为真
有时我无足轻重
有时我代表着你
等待着天明

我不知道　谁会听我说话
这使我话比较多
不！我不用嘴皮　也不用月光
秋天只需动用阳光　将你捕捉

每块石头　每只鸟　都和春天
若即若离　我还希望
世界会变得更加抽象
这使我今生始终做不成
世界上最大的诗人

透明的我

风把我折断吧

折出强烈的痛　剧烈的痛

盖过小小的痛　我在痛中

把我的诗写成

黑夜　抹掉我吧

抹成那说不出的黑

使我吐出我所有内心的黑

使她成为白

铁呀　你贯穿我

你在我的体内　纠缠延伸

使我承受骨头已承受不住的生活

水呀　淹了吧　把肚子装满

生活中洗不净的　你都洗了

还有火　你扑上来　短短的二十年

我就经过那么多道手　空成这个样子

我还能把自己留给谁呢

你烧透我就会发现

我是透明的　不留一点灰烬

1997 年 7 月

方兴东，1987~1994 年就读于西安交通大学，获工学学士、硕士学位，1996 年 3 月考入清华大学，攻读博士学位，原主攻方向为高电压技术，后获传播学博士学位。被称为"网络旗手"、"博客教父"。

浙江大学博士后、国家信息中心博士后，汕头大学教授、长江新闻与传播学院院长兼国际互联网研究院院长，浙江传媒学院特互联网与社会院院长，互联网实验室创始人、董事长兼 CEO，中国互联网协会研究中心执行主任。

出版个人诗集《你让我顺流漂去》（青海人民出版社，1999 年）和《IT 史记》等著作 30 余本；全球互联网口述历史（OHI）发起人。

那时风吹

朱廷玉

父亲

大灾荒过去了　父亲
为什么你的面孔
还一直让所有的唤熟作物落泪?

无法挥手
无法涂黑你的声音
我曾许多次在你哈哈的笑中结穗
父亲
那时阳光抽着旱烟
在这种坚贞无比的日子你知道
我无法拒绝成长
无法拒绝
身体内骨骼增粗的响声
你如走向深秋的老树催熟我
而我
永远是你青黄不接的八月

而如今可是冬天了　父亲
朔风辽阔高远
我凝视你充满感情地
给土地翻身
突然阴沉地想到
该是哪一天　这块土地
同样富于人情味地
给你翻身?

刊发于《西风》第三期（1989 年）

告别秋天

我在长满皱褶的秋季蹲下来
洞察一切地
偷窥天空那犹如小情人的
盛满阴郁　忧伤的眼色

这是一个没有动感的午后
我缩短了头和脚的距离
像一个濒临死期的稻穗
瑟瑟地在你博大的声音里
挤压我消瘦的空间成线
成一丘埋葬年轮的荒坟
成我以秋雨写就的
悲痛欲绝的
一场欢喜

秋天
我为你而背过面孔
让城府很深的呼吸从后侧撞击你
在你的老泪中
小心地反省过去
那些我们合作默契的日子
已知一次快门的按钮
成为我永远无法达到的境界
在这个午后
我泛着青光地
一遍遍计算你离去的效率
那个巨大的函数
让我伤心又使我怅惘

秋天
我把眼睛挂在树丫
背景很宽地目送你
转过身去

刊发于《西风》第三期（1989 年）

那时风吹

内语

（一）
我从未仔细读过你
在众生沸腾的苦海里
你是一段文字
蜿蜒在我
凝神端坐的黄昏

那只鸟还在负石而行吗
来信说你仍在飞翔
只是　开始下沉
那一瞬间，我
扳着手指　计算雪季

（二）
那一天门扉突然开花
你裹着雪意露出表情
那时的我正坐在阳光里
如同清秀的蒺藜
你一进来的那个手势
涂黑了我所有生存的空间

我浸一身的色彩　无法思索
装作若无其事地坐着
用各种话题迎送你
比如　天气
羊群　草以及泪水

（三）
这个雪季坚忍地存在
如同那支笔
固执地蹲在稿纸上

走了

昨夜我梦见的人陆续死去
那间小屋湿了
从此以后
再也没人来打搅你
没有人，在苍白的雪中
陪你流泪

"存在就是如此"
政治老师敏锐地敲着桌案
这一刹那
时间开始忧伤

（四）
我镜中的每一叶白色都是你
三两个熟人走来
拍拍我的肩头扬长而去
我举目远眺
一只鸟负血而行
雪季仿佛早已过去

（五）
此刻　我翻遍往事的口袋
寻找那段情绪中的黄昏
听　殇殇的流水
渐行渐远

（六）
孤独时
我翻遍书本，寻找温暖的阳光
春天在雨季里徘徊
我忠诚在诵读
撑着一把破旧的雨伞

寂寞的圆圈里
家园不断地变迁

那时风吹

196

雨　从门内蜿蜒而来
落在书本之上
贫瘠中
我撑着那把破旧的雨伞
努力习惯着无聊的安慰

我知道我年迈时的拐杖
如今在野地里
疯狂地生长
灰暗的风接踵而至
我低头
寻找雨季外的阳光
温柔的阳光

在南方的城市中
多年前的誓言帮助我
从枯萎的季节里顽强走过
我弃门独立，在陌生的枯叶前
用眼泪
滋润这贫瘠的雨季

无题 1

我将拂出城市的雾霾
让目光
一无所拦地远眺未来
看着年老的我
踩着后辈深情的呼唤
步入丛林
在幸免于难的空间
追忆过去

我将站在城市无法企及的地方
沿着森林原始的血脉追忆过去
多年以前
东花园多情的风嬉戏花蕾
那么多的色彩拥着我
走出一个干净的图案

我将追忆多年以前
清新的日子一尘不染
洁白着我的周身
那年的深秋
我端坐教室临窗的一角

看邻校的诗友，透过窗户
使劲地向我招手

无题 2

一阵亢奋的刺痛
落在我的眼皮外层
十月过后
我向着久违的阳光　以手加额

太阳轻步跨过　秋天
在灰色的镜子前回头
朔风如山般直立
这是一段纯情的风景
我孤独地游荡
在失去野蕨的石砾上注目
遥远的伤口尚未愈合
去秋的花
相互拥挤着拒绝世界

那究竟是什么
炙痛我年迈的眼睛
整整一个冬季
雪平均地铺满日子
失眠中的灯光
在黑夜中歪歪斜斜
无处依靠

地平线哪　我的亲人
远方的树开始抽青
你可知道
长长的山坡后
遥远的朋友　对着阳光
以手加额

无题 3

我举起手枪
射向遥远的岁月
那一幅风景的尽头　你
半倚门前　以手加额

岁月在身边黄过绿过
忧郁的日子里　我在路边
任落叶轻打着脑门
你半倚门前　以手加额
那一刻　我的忧郁升温

那一刻　遥远的岁月清晰如昨
杨柳风袭来　七月的长河
我手中握着的全是信念
于是　那一刻
我在记忆的字典里
拼命寻找你的名字

告别校园

阳光的裙裾轻拂面庞
凝神滚滚的岁月
我羞愧于无聊的喜悦中
水之湄
风委身于浪尖
那么多的脚印走出来
探索着遥远的梦
恍惚间　我擦拭着额头的灰尘

在校园厚厚的雾中
阳光透不出一丝眉梢
这样的岁月里
我对着陌生人痛哭

遥远的梦即将降临
我在离开之前
审视着自己的面庞
审视这灰尘爬上的荒芜之滨

多年的夜灯
伴随着我耕耘的手
离开之前
我吹熄所有美妙的光芒
和着薄薄的棉絮
独自暗泣

失眠

黑夜中的我
遥遥地对天空指指点点
窗外的星星走了
这一次
我将用什么
报答失眠清晰的呼唤

一整天
我无法忘却入怀的夜
我闭上眼注目时间
掰着手指默诵白日的辉煌

九月过后
黑夜矮下他寂寞的影子
而我　拥着棉絮直起身来
对着窗棂　睁大眼睛

别后拾遗

1.

走了很长的一段路后再回头看你，在泛黄的新楼墙角处，你，轻撩着秀发，神情俏丽。

每天，当我疲倦地回到家中，信手从书架取出毕业纪念册，一股清新扑面而来，我凝视着你的面容，泪水涌上我的眼眶。

生命的旅程中有无数的路牌，而我凭借着对你的回忆确定方向，用你自信的眼神去渡涉人世的沧桑……

2.

我在雨季的清晨独立窗前。

我丢弃一切幻想，让目光越过厚厚的雨幕远眺未来。

我看到遥远的你，在一丛落叶前默默伫立，神情阴郁。

我凝视你柔弱的身影，泪水溢满我的眼眶。在哪儿，我曾见过那神情？

我把往昔的落叶拾掇起来，用文字镶进日记中……我每天这样不辍劳作，渐渐地，记忆已堆成了山……

多年以后，当衰颓的我重新翻开日记，读着那些文字，我的心，怎么又会如同电击般地痛？

在发黄的字里行间，我清楚地计算着岁月烙在我们身上的印记，由此，我又想起多年以前，于落叶中神情阴郁的你……

3.

如果告别也有情节的话，那注定是一个无法导演的连续剧。

如果不是汽笛声固执地提醒着你上路，那一刻，我会把握手当作礼物永久珍藏。

七月的西安，闷热难耐，我倚靠在站台一角，堆积着笑与你道别，把纸扇挥得沙沙作响。

生命的列车坎坷前行，如果多年后的你我，竟不再为当日的告别而黯然神伤，那么，这半世的沧桑，我们为什么还要去品尝？

在长长的汽笛声中，我拨开人群，独自离去，竟不敢再回头张望……

4.

这是我的错误，我要为错误埋单。

在西北风沉沉的催促中，我只身走来，背一身尘土。

我原是要赶赴一场鲜花装饰的青春约会的，为此，我还精心准备了许多礼物。

我急匆匆地，低着头赶路。当约会结束的钟声响起的时候，我才惊讶地发现，自己却走到一片充满危机的沼泽中……

我为生命的抉择痛哭不已，这是我的错误，可我，又能拿什么为错误埋单？

5.

即使这狂风暴雨吹散冲净了那暌隔如许的漫漫岁月，吹散冲净了这些年来的世事沧桑，让时光倒流，让我们回到校园的灯光球场、樱花路上、思源泉边，我也依然能回忆起那时的你我，青春无限。

回忆起那天的烛光晚宴，浓浓的别意、沉沉的忧伤以及些许的哀怨，如同你我的心境——为一场如期而至的告别刻意地渲染着。

那只是一个身影，我惦记了很多年。

那是一次青春的聚会，你在台上载歌载舞，曼妙的身姿吸引着全部的目光，西北风吹来阵阵的凉意，灯光球场旁的虫鸣随着音乐间或响起。

你曼妙的身姿吸引着西北风变得温暖，虫鸣也变得温柔，那个青春的舞会，因为你而煜煜生辉，新生的我感受到了热情与激情。

而当我急切地想与你握手寒暄时，你微笑着挥手而去，默默地，我记住了这个身影。

朱廷玉，诗人，1991 年毕业于西安交通大学热能动力工程专业，现任南京泰润电力工程有限公司总经理，从事电力技术。

蔡劲松

北方河

你流过每一个季节
并在季节中注入历史
注入翻腾的海
那时你就变得宽敞
你光亮的脊梁
背负着这块沉重的黄土地
走在苍然的面容之中

有许多人饮过你的水
为你擦拭过滂沱的眼泪
你的呐喊声
你为生命的运动在那里歌唱
在那里不停地奔驰
那时你就向往冰雪
你像冬天那样将它们串起来
而成为你自己
你知道是北方在流淌
是那些熔化了的命运
在一次次成为泥泞的表情
如今这一切都凝聚了
你在强光的直视之下
变得生动而艰难

写给七月

你匆匆流成一条河流
在远方，就是清澈透底的日子
而这里的阳光过热
许多人汗流浃背唯有你
在忧郁之外可以一本正经地装饰沙滩
这里你的方式
这种阳光式的体验使我黯然失色
便在痛想之余，去赏赏花
而赏花之余
就有许多采蜜的蜂或蝴蝶
出走这块区域

它们在阳光下翩翩起舞的时候
你未曾想过要触及某种灵感
甚或作一段美丽的诗句：流世百芳

其实这才令人痛楚
这样轮回地触摸每一根神经
就像许多人的想法，是一种证实
而另一角度
已是那些令人欣喜鼓舞的日子
是的，不必如此
在河边小憩的时候
你能数出几颗记忆中的星座
对岸的灯光并非突如其来
正如你独立岸边
或许能因此跳了几条喜出望外的小鱼
而你，就是那个映示善良的人
你会开灯
思索整整一个满天星座的夜晚
其实关键之处在于
你会发现七月是颗流星

就像许多孩子
他们在露底的河中畅游
他们是自由的无所顾忌的孩子
而七月，你应该去游自由泳

或许，你始终是语无伦次
而七月会记录你的情绪
你会再次独立岸边
远眺留恋风景的晚霞
而再一次出乎你的意料——
七月的河流，就是你长长的倒影

再写七月

你苦苦从季节的一头走到另一头
走到黑色的窗前
用漫不经心的眼睛
抚摸残缺的窗玻璃
抚摸透明的迹象
逐次离开困惑的古墙壁
离开红色里你平铺直叙的
生命的诗史
叮咚般流淌数次七月的经历

七月你潇然从眼里滑落
从朦胧的印象里
一次次吹散胸前的芦苇丛
你得以进入粉色的氛围
并使之依恋
红色弥漫的季节

在这深深的季节里
你遥远地徘徊
你孤寂的身影溶于季节河中
像冬天一样往往复复
可这是七月里
你沉重的眸子不停地跃动
不停地
在岁月里摇响童年的声音

从这一刻到另一刻
你孤苦地远眺
七月的小船始终没有一个人
你这才立于七月的面前
从窗外黄昏的树中
体味深沉

塘头

在去往塘头的路上
万物复苏
借给我溪河岸边的岸
借给我逆流而上的水
浇向梦里的花瓣

生命的力量
绽开在我的内心
我是那个躺在脊梁上的造梦者
像山核桃的根茎般长眠

尘埃疾飞的路上
植被的焰火和种子的浆液
四处飞溅
像是捡回了失眠后的警觉
生命们交织着生长
覆盖我灵魂的细沙

万物复苏
始于生命们的联欢和舞蹈
在塘头排成队列
歌咏或祈祷
最初的生长
最后　还是生长

2016 年 11 月 7 日

饮月光的羊群

我找到一群饮月光的羊羔
一条意识的河流上
一片枝繁叶茂的夜的山坡

某个瞬间，我找到
牵着羊儿的少年
在陕北，倾听驰骋的脚印

黄昏的琴键从月光中脱颖而出
我找到牧羊的自由
以及青草丛中跳跃的光线

在十月，把盏狂饮的羊群
醉倒秋霁和霜露
依旧是月光下的淡妆

北方，北方
抖落肩上的尘土与夜色
我找到梦中的羊儿在独唱

那时风吹

210

推手

手握着手
抚摸它们的表面
深入它们的魂灵
像石头一样
伫立不动

手握着手
目光退回到历史里
手指隐藏在沉默里
言辞在恍惚间
孕育

手握着手
问何处可发力
拉，或者推

蔡劲松，侗族，1969 年生于贵州，1987 年考入西安交通大学自动控制专业，先后获西安交大工学学士学位、北京大学法学硕士学位。现任北京航空航天大学人文与社会科学高等研究院院长、教授、博士生导师。系中国作家协会会员、中国美术家协会会员。出版诗集、小说集、随笔集 7 部，作品曾被译介到国外并多次获奖。

丁小村

博尔赫斯的漫游

一个孤独的中国人喜欢春天
苍老的春天　我看见走在它皱纹上的人
在我二十岁的时候
我在春天日渐衰老的心中漫步
老博尔赫斯也是这样一个
他与我没什么两样
我看见一片枯萎的花瓣落在他的脸上
我看见他的脸　像一页被翻开的书
黑白分明　没有一丁点儿模糊
想一个孤独的中国人一样
他在春天的皱纹中　渺小
老博尔赫斯走进国家图书馆
被沉默吃掉　总比被春天吃掉好
老头鼻梁上架着两只镜片
堆积着国家图书馆的浮尘
我看见他的拐杖
笃笃有声地行走
穿越时间的迷宫
风从窗外吹来　漫步百年孤独
在我二十岁时　我们相遇
我们经历过短暂的对视
在春天衰老的气息中
我朝窗外望了望
一位少女从帐篷似的藤萝下走过
她说　嗨　花怎么这么快就谢了

电影

他从对面走过
从前的痛苦　写在脸上
我们对视片刻
两个倒霉的人
在昏暗的灯光中
显得滑稽
他们在音乐中退去
他在他们中间
他曾从我对面走过
一身风尘
而我　衣冠楚楚
我们的相遇是短暂的
他退出去了
我还得继续

作于 1990~1992 年

太白

十月的秦岭高地
最后的阳光照耀着高山之巅
夜晚来临，霜降高原

大地干干净净
天空暗淡下来
高原上低矮的作物被抹掉
在冬季来临之前
所有的鲜花都已开过
所有的果实都已跌落
动物回到密林深处
爬虫回到土地深处

这时候月亮返回天空
单纯明净　如同万古之诗

列阵的石头

列阵的石头
冰川纪的大军
它们所到之处
万物横尸

带着肃杀之气
风从它们的队列中穿过
经过的人将会噤声
对于看了三万年热闹的它们来说
所有的儿戏都不值一提
一只叫喳喳的山雀
在将军的头上拉屎
一片秋天的落叶
掠过他们的旗帜
未成年的爬虫经过他们的刀锋

这支沉默的大军
在宽阔的天空下沉默
他们最强大的对手
业已覆灭
他们现在与时间
对　峙

批发市场门口的三张纸牌

批发市场是个站名　公交车
都会在此停留　抛下一些妇女和老人
他们走进批发市场　融入人群
距离 300 米是汽车站　通往各个乡镇

人在成堆的货物中显得很小
连老板和店员们　都像等着出售的
商品　进来的人无一例外　在挑选
货物时　最后发现这里还有人
塑料制品五颜六色　比人更鲜艳
布料　化纤　铁制品　仿木的小家具
家电　手工具　各色衣服
这庞大的市场　像是一个大胃的动物
吞吐着人　钞票　还有商品
当然　还有空气和垃圾　还有一些小偷
和街头混混　吵闹声　管理人员的喝斥

就像一个悬念　最后揭秘
我在批发市场门口发现的
三张纸牌
在灰暗的日子里闪闪发亮
三个面孔黝黑的搬运工　　刚刚离去
他们扔下的三张纸牌　不过是这市场的
普通商品　一如他们嘴里叼着的纸烟
三张纸牌　就像是某种命运
饱含玄机　这只是我的猜测
事实上他们刚刚进行过一场
小小的赌博　赌注
可能是两块钱　刚刚够买一副扑克
但少了三张　他们下次
得买一副新的　扑克
如同算命的吉普赛人
把明天　重新摊开

那时风吹

作于 1992~2016 年

216

读一本妇女杂志

她们用她们自己
来装饰这本杂志
她们忘记了自己的
女权主义
真是可惜啊
可是我们需要妇女杂志
这么多的美女
这么多的美女
我们不由自主地感慨

丁小村，本名丁德文，1968 年生，陕西西乡县人。1987 年考入陕西师范大学中文系，在校期间创办陕西师大中文系雨巷诗社、担任陕西师大长风文学联社主编；与朋友们一起创办了十七天诗群、倾斜诗歌等诗歌社团。

发表有中短篇小说及诗歌散文等三百多万字，出版有诗集《简单的诗》、小说集《玻璃店》、长篇非虚构作品《秦岭南坡考察手记》等。

中国作家协会会员，陕西省作家协会理事、汉中市作家协会副主席、陕西省汉中市《衮雪》杂志执行主编。

楼建瓴

叛逆

我的世界阴暗潮湿
笑容发霉
被风吹皱的背影
习惯了在生活以外跃过篱笆墙
追逐我贫血的脚步

其实我已未老先衰了
额头上刻的那几个字
纷纷剥落
已无所谓再高唱"大江东去"
记忆是我切金断玉的宝剑
在最后的一贫如洗中零售
自己所有的锋芒

我想起件事
十年前凌辱了一堆经书
后来春天的花抛弃了我
于是
我那片原野上长满了野草
当腊月的风起时
从从容容大摇大摆

刊发于《西风》第四期（1990年上）

那时风吹

人在旅途

十几年前
将所有的梦折进纸船
放在一条古老的河里流浪

那个风雨来兮的黄昏
我泪如断线
童话在背后的森林里熊熊燃烧
心灵的白旗在城头飘扬
满怀仓皇
希冀一个不会笑的面孔
一种自水底来的声音
携着悸动的梦魂游荡
穿越最原始的漫漫长夜

一所凄凉的房屋里
我独自喝酒
世纪末的狂风在门外呼啸
这个季节很冷
烟圈在天花板撞碎
视觉之外
是你模糊了的美丽
我表情呆板
而对你笑容里的暗示
愤然而起
飘然而去
（那是和我无法重叠的轨迹）

十几年后
记忆大海落潮
沙滩上泊着失舵的舟楫

刊发于《西风》第四期（1990 年上）

坠入情网

我天生就是那十个聋子中的
第九个哑巴　许多年来　隔壁老赵的女儿
小小小小结巴　和我一起告别摇篮

从小到大　她是我的童话　我是她的
小小小哑巴　我们两个在一起　相互沉默
相互用眼睛说说话

那天下雪　她看着我　我看着她
她忽然满面通红　她用力向我比比画画
她忽然亲了我一口　窗外飘着雪花

我看着她的嘴唇在动　她的声音
我听不见　只见她眼里闪着亮亮的泪花
我觉着她话里有话

我觉着自己非常尴尬　我又聋又哑
我唯恐她是在和我吵架　别人都知道
她三年才能说全一句话
我看着她　她含着泪　真希望
她说的是那一句话　整整三年呵
千万别把哑巴逼得说了话！

刊发于《西风》第六期（1991年）

写给小彬

月光和酒一样的女人　为我祈祷
为我流泪的女人　我的安魂曲　你看看现在
过去的日子真的都过去了

你看看　你等等我　我等等你
这多像飞过天空的一对翅膀　梦的翅膀
你和我的　最后一个处女的翅膀

你看看　作为上帝的情人　我活着
等着　就像一只蚂蚁通过琴弦中央
的城堡　我的黑夜　我的火海

你看看　天空里的雪花就快坠落了
生命里的烛火　那些灯笼　那些熄灭的
情种　让我怎么说给你听

刊发于《西风》第六期（1991 年）

221

追忆逝水年华
——写在工程大学校庆之际

纺院搞校庆，陶醉就搞我们。他们在学校时曾经弄过一本校园文学刊物《西风》，这次五十出头的老纺院《西风》主编还是一如当年苦口婆心，一口一个兄弟亲亲的叫着，约稿我这个老友又是曾经的《西风》作者，说你好歹写点诗啊散文啊小说啊给我，要不然跟你翻脸信不信。

陶醉毕业离开西安，至今我们还没见过面，听说他娶了个小师妹流落到珠海去了，住在澳门的远郊区，远离那个清悠婉丽、优美动听唱越剧的第一故乡绍兴嵊州和大学四年的第二故乡西安，其乐融融。这回他们母校校庆，他发心编辑一期《西风》特辑，表达对母校的一份感情，感觉这家伙这些年个子不长脾气见长，完全出乎我意料，这股子认真劲儿，我要是不从了他，估计友谊的小船不但就此沉没，就是都变成"地下党"他也会找我讲理，更甭提他许下的重逢在岭南山水相连、海天一色的珠海的好酒好肉了。

说实话，作为西安的老闲人，当初和陶醉怎么勾搭在一起的，想来想去，想得我内存枯竭和头疼，琢磨着应该和前辈诗人沈奇老师有关。那会儿沈老师是西安文学青年的交际核心，应该是通过他的嫁接，我们这帮子读过两本《新青年》的愣头青就玩儿在一起了。

当时纺院的西风文学社，陶醉和丁炜是支撑社务的哼哈二将，一个绍兴才子，一个苏州才子，一个矮瘦，一个高大，外观上像说相声的逗哏的和捧哏的。俩人那会儿意气风发，焦不离孟孟不离焦，认识了陶醉也就认识了丁炜，没想到认识了处得挺投缘，处着处着快三十年了还没处完。

那会儿我们都二十郎当岁，激情过剩，整天搜索枯肠写点感悟，分行了的就是诗，不分行的就是散文，见面了就交流一下，被陶醉和丁炜相中就会发表在那本他们忙前忙后油印的刊物上。每次出版都跟过年似的，都得找个据点青菜炖豆腐庆祝一下，古人说的诗酒盘桓，被我们用现代的方式就这样翻译出来，这种故事，年届半百再回首，的确可以跟孩子们吹个天花乱坠。

陶醉比我们都大几岁，是我们公认的"忠厚长者"，编辑、出版过程中的事务性事情都是他自己扛着办理，或者可以说，他负责搞文学，我们负责搞文学批评，因而他就苦得很。记得某次他急了，跳上宿舍中的桌子，字正腔圆的唱着"林妹妹，想当初你是孤苦伶仃到我家来"，就此发泄一下情绪，过后风轻云淡，依旧帮着大家跑前跑后，俯首甘为孺子牛。

丁炜和他不一样，再急也老是笑眯眯，深得祖传娄东诗派的真传，跟他在一起，用如沐春风来形容最恰当。前几年我到苏州，跟丁炜活着重逢，和他们1988级师弟、也是我老友的建宏一起，我们仨在平江路的小桥流水边喝酒叙旧。丁炜还是老样子，慢条斯理讲话，除了身型较过去扩版之外，一点都没变，喝酒喝的飘飘然，那种如沐春风历久弥新。

因为他们的缘故，我跟纺院感情很深。再加好些长辈都曾在纺院工作过，比如张瑞宝书记及其夫人，我这几年过上海都会去看望他们。比如和陶醉同是浙江老乡、北大毕业在纺院教英语的王老师，如今八十多岁了，他儿子跟我发小，我还经常去他家。

一晃二十七年过去，又重温陶醉催稿的感觉，倍感亲切，也打心眼儿里高兴。现在纺院已经升格为工程大学了，因为纺院和当初在纺院舞文弄墨的我们，虽然天各一方，但他们一声召唤，我们这些心里一直住着老纺院的老文青，都会应声而集。饮水思源，衷心祝愿过去的西北纺织工学院——今天的西安工程大学继往开来，学术精进，桃李芬芳！

2018 年 6 月 16 日

楼建瓴，本名刘志武，文学爱好者，青年时代与诗人伊沙及西安文学青年多有过从，作品散见于海内外报刊杂志。

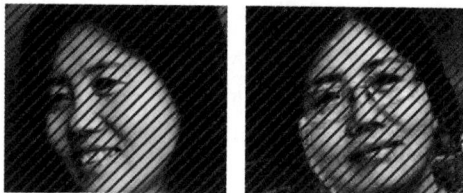

永远

蓝纽扣

蓝色的纽扣你望着我
多么忧郁的眼睛
让这个下午充满寂静的白光
蓝色的纽扣你躺在我面前
那条又宽又亮的马路没有一个人
我独自站着　喷涌的眼泪使我
像个脆弱的人一样
和我的家此起彼伏

我怀念死去的妹妹　蓝色的纽扣
她死去的日子阳光也是这样
又白又静
无比温柔地落在土地上
她望着我多么晴朗的眼睛
仿佛看到了几年后的这个下午
她粉红的乳房在四月的水边
静静开放
没有灾难　站在春天的风景里
我渴望风渴望绿色的光影
蓝色的纽扣我望着你
因为我活着并且总是
怀念妹妹
怀念和她住过的老家
那里的人和玉米都讲良心
都相信将来我们会有出息

蓝色的纽扣我为了你流泪

为了你感谢阳光

像妹妹一样跟随我

刊发于《西风》第五期（1990年下）

国道 312

一

在钢铁的城市里
一把木椅子和我
我们是一对仰望苍天的
同类。在广泛的阳光
和稀薄的诗歌中

是谁发出黑色的坚硬光芒

早晨我翻转手掌
沿着中指的方向　钢铁
正在受孕
饱满而明亮
我还看到　一抹冬天
在它身上疾走如飞

正如我身后这把木制的椅子
我们相背而坐
这使我无法得知
它在路上的模样

二

把冬天切开　可以了解
其中的实质
似乎有一部黯淡的车子
正在思考

马也会思考。马也会流泪

被我一分为二的冬天
用钢筋混凝土弥合伤口
被我遗弃的老马
正在这道硬痂上踽踽独行

三

一只羽毛在空中犹豫
我和大地看到它的忧虑

整个冬天
我们都没有伸出手掌
承接它的纤弱
被鸟遗忘的羽毛
怀念着体温与柔软
它用最后的力量
停止，并且
回头张望

四

门前的雪山
是一生中最长的梦境
是病房里年长的主治医师

如果我忘记了某个下午
或其中一种温和的语言
我可以远远绕过雪山
让洁白重新将我治愈

甚至像初恋一样
把我从凌乱中抱走

五

一支黑箭射进我的身体
它向更远处前进
我因此把长发束起
准备彻底的谈判
准备借助金属的速度
向我的声音靠近

在此之前

我的生活由一面 1/20 平方米的
镜子承担
现在，作为箭的战利品
我扎进第二天
和昨天不再对称的另一面

1992 年

马真是一种好动物

即使到夜里
马还是站在原处不动
我的马儿，乖得叫人心酸
你驮着草原顶部的黑
连月色也不能将你打开

远处的篝火彻夜狂欢
远处的天际线
你情愿你的爱漫无边际地蔓延

从早到晚低着头的马
深深亲吻被你钟爱的草原
每一个看见你的人都在疑惑
战火中义无反顾的狂烈
是否也出自你爱的品格

2005 年

暮春

草纸上的黄昏比枝头上的
安静些。它更低、更缓
连窗外凌厉的挖掘机
也无法惊扰它的安详
有一度时间
它像一个口吃的痴情汉
就那么站着
任由黑暗漫来
任由黑暗从足底上升
清明刚过，天空飘着
不能说话的灵魂和他们
无法转述的挂念
黑暗有时那么暖
在春夜里，抱着你不放
不说
只有体温和胸腔里轰鸣的心跳
在暮春中疾走

2018 年 4 月 8 日

水远，本名水明霞，女，20 世纪 70 年代初出生于甘肃，1987~1991 年就读于西安冶金建筑学院，曾任校文学社刊物《夏》主编。

1994 年自嘉峪关南下深圳，任室内设计师至今。

写作，仅作为自己与朋友对话的一种方式。

那时风吹

西村独扎

爱情箴言

你早上起来
碰到的第一个汲水的女人
就是你的女人
她向你微笑
就是爱情的见证
她向你走来
只证明她爱得
热烈而且真诚
她离你而去
是叫你扣响她得房门

你不要不承认
你要热烈爱她一生
你带她走向洞房
她将不回答你的呼唤
但你必须
用你的嘴唇去摘取她的嘴唇
你吹灭灯盏
听到的是一声"救命"的呼喊

1991 年

温森特·梵高

一个
红头发
一只耳朵的人
温森特·梵高
彗星扫过
马尾巴呼呼作响
扫帚星梵高
一扫帚
一扫帚
夏季的雪
河汉无声
扫得我
绷紧琴弦
浑身发疼
一扫帚
一扫帚
温森特·梵高
扫在我的背上

1990 年

那时风吹

232

我的喉咙我的肺

我的喉咙我的肺
今天为何不开胃

我的喉咙我的肺
心儿肝儿同时碎

我的喉咙我的肺
终南山上一堆雪

我的喉咙我的肺
太白九歌天天醉

我的喉咙我的肺
今晚谁和谁一起睡

我的喉咙我的肺
到底谁惹谁的罪

2006 年 12 月 26 日

233

塔尔寺

几堵红墙
几十个举着旗子的导游
几百个伏在地上的喇嘛
几千名来自五湖四海的游客

我抵达的时候正值盛夏
塔尔寺上空
盘旋着几只我叫不出名字的大鸟

2016 年 5 月 5 日

那时风吹

234

看见一只虫子的尸体，就像什么也没有发生

早晨起来，我看见一只虫子

死在我的房间里

一具尸体

它躺在我的阳台上

我不知道是屎壳郎

还是金龟子

我踢了踢它

它没有反应

我没有发出惊叫

也没有想到通知它的家属

更不会想到报警

甚至没想到给它收尸

我踢了它一脚

没有反应

我就走开了

就像什么也没有看见

什么也没有发生

2016 年 7 月 31 日

独扎，曾用笔名西村、达达、杜撰等。1988 年入陕西财经学院金融系就读，1992 年毕业后一直在杭州工作。大学期间与友人一起创办《倾斜》诗刊。出版有诗集《不存在的诗篇》《乳房与月亮》《三号线》，长篇小说《当爱情成为往事》。

东岳

勇猛的歌唱

在中世纪的今天
作为一个男人
一个遭到女人拒绝的男人
我来到青龙寺　你们
光头明亮高悬厅堂
你们优秀的大头
在世纪的风雨中
亮了一生　硬了一生
我激动不已
在那虎狼丛生的年代
你们是怎样用光头
雪亮地保卫自个儿的家乡

在中世纪的今天
在女性化世界的包围中
作为一个写诗的男人
一个即将被剃光脑袋的
有种的诗人
东岳如此宣布
扬起自个儿的家伙
以和尚的方式突围
为自己勇猛的歌唱

1993 年

失恋的原因

抽第一根烟的时候
我初恋了
掐灭最后一个烟头时
阿玲走了

她抽烟的姿势
很动人

1993 年

烟疤

为什么会有烟疤
为什么烟疤往往会出现在
漂亮女子的身上
这家手机店的营业员
美丽的营业员
在向我介绍手机功能的同时
我发现了她右腕处的
三个烟疤
引发了我的联想：
上次是在本市的一家美容美发店
最漂亮的那名女服务员
在左腕上也烫着两个醒目的烟疤
还有上周被我审判过的那名
漂亮的女诈骗犯
脖子下方锁骨处烫着的圆烟疤
我曾不耻下问烟疤的来历
她们笑语搪塞不答
如今是她
梅花似的烟疤
并排绽放在洁白的右腕上
她最左边的烟疤
可能有一个故事
第二个烟疤
可能有第二个故事
第三个烟疤
也不例外的可能有第三个故事
但也不排除这三个烟疤
只有一个故事
按照数学的排列组合
还应该有其他的情况
但最不可能的是这些按在
漂亮女人身上的烟疤
连一个故事也没有

2006 年

红绿灯

她挨个敲车窗
乞讨
在红绿灯路口
等红灯的间歇
不开就给人跪下磕头

一辆
二辆
三辆
她都很顺利地获得了满足
但她很快地越过第四辆
逃了

第四辆是一辆警车

2017 年

门诊

三个女人在讨论各自丈夫的
坏
轮番讲

那名女医生边走边说
"要不是因为国家管这事儿，
我早把他像杀鸡一样杀了"

说完，麻利地给我换了一瓶
药

2016 年

刑警回忆录片段

他干了一辈子刑警
铐过成千上万的人

铐上就走
从不含糊

只有一次
他犯了愁

这家伙
只有一只手

他想了又想最后像电影里一样
这边将自己也铐上

感染十九行

她在我眼中的泪水
滚动宁静又多纯洁
像草原深处的牧歌
她是被我通知而来
她的丈夫交通肇事
被捕入狱两月有余
她是在我提到拯救
她的丈夫时流泪的
她的眼泪是冷不丁
流下的那么静悄悄
如深巷忽飞的雪花
让我想起我的妻子
在我患病时的焦急
那颗患难与共之心
份相濡以沫之情
她的衣服有些破烂
她的脸上布满雀斑
她的泪眼在我眼中
她就这么把我感染

线索

我从没见过
我的背影
我第一次见到
我的背影
是在今天
一起案件
是在后来的
一张照片中
漆黑的
后脑勺
看着我
在那片杂草丛中
我的背影
多像一个线索

光头

一个光头走下来
两个光头，三个光头
走下来
千万颗光头
挣扎着
走下来

前行
如同一群前程渺茫的和尚
行走在远离寺庙的大路上

东岳，诗人，法官。本名杨安坤，1971 年 12 月 16 日生于山东省无棣县。1993 年毕业于西安交通大学。1992 年开始写诗。诗歌见于《葵》、《诗参考》、《诗潮》、《诗歌月刊》、《新大陆》等海内外诗刊及网刊，有诗入选《新世纪诗典》、《1991 年以来的中国诗歌》、《被遗忘的经典诗歌》、《被一代》、《中国口语诗选》、《中国新诗三百首》、《21 世纪中国最佳诗歌》、《撒娇》等多种选本，现为中国著名诗歌民刊《葵》诗刊同仁。著有诗集《烟疤》、《你有权保持沉默》、《诗60 首》3 部。其创作的《法院系列》荣获"2007 年第四季度中国汉诗榜最佳长诗奖"，成为"他为中国诗歌贡献的一道独特的风景，也成为诗人东岳的品牌和标识"（中国著名诗人、诗评家唐欣语），被中国著名诗人、随笔作家、小说家、文化批评家伊沙誉为"新世纪十大巨制之一"。2009 年 8 月，诗歌《烟疤》首次被译为英文在《世界诗人》发表。现居山东无棣。

辑三：风送祝福

长安苍苍，渭水泱泱。

山高水长，有我西纺！

兴庆湖畔，依旧春雨金花。

骊山脚下，更加秋阳硕果。

栉风沐雨百余载，砥砺前行年复年，

桃李芬芳满天下，春华秋实谱新篇。

水，一定在水的上游活着；青春，一定在青春的诗意中留存着——黎明的呼吸，清晨出发时的满满朝气，草籽与节令的契阔，莫名的泪从青涩的脸颊流过——"那时风吹"，一路唱和；而今回首，八方应合。风的穿越，洗心扩胸；诗的留恋，漱玉烁金——从那时到此时，曾经同行，眷顾如斯，遥寄祝贺与祝福，再续友情与诗谊！

——沈奇（诗人学者、诗歌评论家、西安财经学院文学院教授、北京大学中国诗歌研究院研究员、中国作家协会会员、陕西美术博物馆学术委员）

诗歌不死西风烈、岁月无痕把酒歌。
祝贺西安工程大学（西北纺织学院）办学 106 周年暨独立建校 40 周年！

——夜林（西安交通大学 1986 级、著名诗人、企业家）

兴庆湖畔，骊山脚下，青春的记忆，少年的模样，西安工程大学，我们的母校，我们梦想开始的地方，无论我们出走多久，离得多远，我们何曾有一日能忘！
岁月不居，时节如流；
弦歌不辍，薪火相传。
十月是繁盛收获的季节，祝贺母校办学 106 周年暨独立建校 40 周年校庆，愿我们在母校的怀抱里，后会有期，相逢有时。
感恩改革开放和我们所处的时代，感恩母校，祝福母校！

——黄志华（服装设计 1986 级、莨绸发现、活化与保护者之一，知名时装品牌天意 TANGY、TANGY collection 共同创始人，深圳市梁子时装实业有限公司总经理，深圳市天意莨园生态文化投资有限公司总经理，佛山市顺德区天意莨绸生态文化投资有限公司总经理，广东省服饰文化促进会副会长，广东天意莨绸保护基金会监事。）

时光流转，岁月变迁，无论我们身在何方，无论我们经受了多少风吹雨打，母校是我们灵魂深处永远的圣地。
感恩母校，祝福母校！

——朱新勇（针织 1987 级、西安工程大学山东校友会会长、工商管理硕士、青岛盛瀚色谱技术有限公司董事长兼总经理）

那时风吹

愿你勇敢无惧，坚强可靠

愿你建成通往群星的天梯

稳妥沿它而上

愿你永远感知真理，看向身边无尽光明

愿你脚步永远轻盈

愿你永远年轻

敬祝母校办学 106 周年暨独立建校 40 周年！

——熊延兵（棉纺 1987 级、农工党武陵总支副主委、政协常德市第六届委员、第七届常委、鼎城区工商联副会长、常德市大成医药有限公司、湖南鑫鑫医药有限公司董事长）

历百年风雨，培英育俊，赢得桃李满园分外艳；

经四十不惑，继往开来，换取经纬天下总是春。

感恩母校，祝福母校！

——梁树珍（纺织品设计 1987 级、西安工程大学广东校友会副会长兼江门分会会长、江门市宏沣染整有限公司董事长、广州德溢恒投资有限公司总经理、洛阳阿特斯能源管理有限公司董事长、河南豫淅红生态农业有限公司董事长）

百年风雨，负重奋进；

四十年间，春风化雨；

和你相遇，何其幸运！

感恩母校悉心培育，祝福母校前程锦绣，传承创新，再铸辉煌！

敬祝母校办学 106 周年暨独立建校 40 周年校庆圆满成功！

——焦红春（棉纺 1987 级、西安如风达快递有限公司总经理）

忆及母校，就会很自然的忆及姚穆老院长，老院长不仅是母校的荣耀与骄傲，也是母校的学术和精神象征。他在人格、学问、精神上对我们的引导和影响，无疑将是长久和恒远的，在许多程度上，老院长的精神已经植入母校和我们每一个校友心里。

祝福老院长、祝福母校！

——李铁占（棉纺织 1987 级、宁波爱伊美集团副总裁）

情系母校，感念师恩。

在迎来母校办学 106 周年暨独立建校 40 周年这特殊的日子里，允许我向母校致以最诚挚的祝福，愿母校永远锐意进取，永远充满生机！

——黄明华（管理 1987 级、西安工程大学广东校友会副会长兼中山分会会长、中山市合纵实业投资有限公司董事长）

情系母校，祝福母校。
办学 106 周年，风雨兼程；
独立建校 40 周年，砥砺前行；
厚德弘毅，博学笃行；
母校明天更美好！

——楼斌（管理 1987 级、红玫软装饰（杭州）有限公司董事长兼总经理）

桃李不言满庭芳，弦歌百年今又始。
敬祝母校办学 106 周年暨独立建校 40 周年校庆活动圆满成功！
祝愿母校经纬天下，宏图更展，再谱华章！

——李福明（服装设计 1987 级、宁波保税区煌星国际贸易有限公司董事长）

"君子以厚德载物"、"士不可以不弘毅，任重而道远。"
每一个学生以自己的专业才华、风骨、情怀和使命担当，致力于这个社会的繁荣与文明进步，藉此，母校会更加的光华灿烂、福泽绵延。
是的，大道青天，屹立于我们心中、绵延于我们身后的，依旧是母校这个熟悉、朴素且庄严的风景，一个我们共同的终生走不出的风景与记忆！
感恩母校，祝福母校！

——张国斌（棉纺织 1988 级、浙江大洋水产有限公司总经理、浙江舟山国际经济技术合作有限公司董事长、浙江舟山大洋兴和食品有限公司总经理）

凝日月光华、蕴无限生机。
诚挚的感谢母校的激励和培养。
办学百年、四十不惑的母校理应有更为远大的前程，祝愿母校永葆青春、永添活力，桃李天下，在一任又一任的母校领导带领下，带领母校万千学子去领略更加美好的未来，贡献于行业进步，贡献于国家强盛，贡献于人类文明，造就一个又一个的百年辉煌！

祝贺母校办学 106 周年暨独立建校 40 周年！

——章玉铭（机电 1989 级、西安工程大学杭州湾校友会顾问、浙江纺织袜业研究院院长）

作为见证者，《西风》的足迹一定会深深刻在母校的历史上，为学校带来荣耀。

感谢母校的培养，祝福母校桃李满天下。

——赵胜（针织 1989 级、律师）

感恩母校！
祝福母校！
忆往昔，桃李不言，下自成蹊，自有风雨话桑麻；
看今朝，厚德弘毅，博学笃行，更续辉煌誉神州。

——沈开方（纺织品设计 1990 级、西安工程大学杭州湾校友会会长、绍兴凯奇纺织服饰有限公司董事长兼总经理）

作为西安工程大学永远的一份子，我深切感谢母校的培育，也密切关注着母校的发展。忆往昔，博学石旁，母校的一草一木，老师的一颦一笑，仍记忆犹新。在那熟悉的校园里，我们曾手握春光烂漫的年华，编织着人生的七彩之梦。欣闻母校办学 106 周年暨独立建校 40 周年华诞，谨向母校致以热烈的祝贺！祝母校日新月异，桃李芬芳，再谱华章！祝各位老师工作顺利、幸福安康！

——翟锐根（染整 1990 惠州班、西安工程大学广东校友会秘书长、佛山市果然纺织科技有限公司总经理）

潮平两岸阔，风正一帆悬。
深水静流，中流砥柱。
祝福母校乘风破浪，再创辉煌！

——赵晨晖（染整 1992 级、西安工程大学广东校友会会长、深圳市凯福特实业有限公司董事长）

我阳光明媚和繁华织锦的母校;

我豪迈雄健又温文儒雅的母校;

与国家的改革开放同步,独立建校40周年、四十不惑的母校理应并深信有更为远大的前程。

感恩母校!

祝福母校!

——徐博(纺织工程1997级、广州赫伽力智能科技有限公司总经理)